늑대와 향신료

VIII

대립하는 도시 (上)

하세쿠라 이스나 지음
아야쿠라 쥬우 일러스트
박소영 옮김

그 순간 콜이 어찌나 놀라던지,
보고 있자니 상당히 재미가 있었다.

방랑소년 토트 콜

"남들의 호감을 사는 것은
일종의 운명과도 같은 것이지."

콜을 쳐다보며 웃던 에이브는
두건을 풀고 맨얼굴을 드러냈다.

여(女)상인 에이브 볼란

"그게 다야?"
한쪽 눈을 감은 채 기쁜 듯이 귀를 쫑긋 대면서
호로가 손 밑에서 조그맣게 말했다.

"그 늑대에게서 이런 서찰(書札)을 받아낸
사내가 찾아올 줄은 몰랐는걸?
대체 어떤 약점을 쥔 거요?"

진 상회의 주인 테드 레이놀즈

CONTENTS

늑대와 향신료 Ⅷ

대립하는 도시 (上)

학산문화사

서 막

구름이 달을 가리자 어둠이 주위를 덮었다.

때때로 부드럽게 이는 찬바람에 앞머리가 느긋하게 살랑거린다.

철사를 구부려 만든 램프 속에서 동물기름으로 타는 불꽃이 불안정하게 흔들리고 있었다.

춥고, 무섭도록 차다.

짐을 가득 실은 짐마차가 앞으로 나아갈 때마다 얼음을 밟는 듯한 소리가 난다.

아무도 입을 열지 않는 채, 일행은 그저 묵묵히 앞으로 나아간다.

짐 옆에 놓인 램프의 불빛이 일렁이자 두꺼운 말의 목과 고삐를 끌며 걷고 있는 마부의 뒷덜미가 떠오른다.

마치 죽은 자의 행렬 같다.

그런 류의 이야기는 얼마든지 있다.

하지만 다른 것이 있다면 일행 가운데 단 한 사람, 우뚝 멈춰 선 자가 있다는 것이다.

손에는 램프가 아니라, 말을 때리기 위해서인지 마부를 야단치기 위해서인지 지팡이를 들고 있다.

그 자만 홀로 걸음을 멈춘 채 이쪽을 쳐다보고 있었다.

죽은 자들처럼 무표정한 행렬 속에서 유일하게 혼자만 놀란 표정을 지은 채.

"안녕하세요."

공기가 찬 탓인지 짤막한 인사가 크게 울렸다.

그 자리에 웅크려 발밑에 있는 자갈을 집어 들면, 깨진 얼음이라 해도 믿을 것이다.

어둠과 겨울의 공기, 그리고 침묵 속에서 얼마나 오랫동안 대치했는지 모른다.

상대는 뜻밖의 사태에 직면해도 태연할 수 있는 역전(歷戰)의 상인.

그럼에도 현실을 이해하기까지는 다소 시간이 걸린 모양이다.

"말에 날개라도 달렸나?"

그렇지는 않다고 스스로 결론을 내려놓고 묻는 말투다.

물론 손에 쥔 것을 모두 내보이는 상인은 없는 법이니, 그에 대한 대답은 하지 않는다.

어둠 속에서 고개를 가로저었다.

바람이 분다.

짐마차 일행은 어두운 성벽 입구에 걸린 횃불 밑을, 마치 교수대를 향해 가는 것처럼 조용히 나아가고 있었다.

솔직히 말해, 우위에 선 입장을 최대한 이용하고 싶은 심정이었다.

그러나 현실은 희곡보다 내용이 부실하다. 정작 중요한 순간에 힘이 모두 바닥나 없었다는 이야기도 흔하다.

무슨 마법을 부려서 이렇게 된 것은 아니니까.

"우선 따뜻한 숙소에서 이야기를 나누는 것이 어떻겠습니까?"

입도 뻥긋하지 못할 만큼 지쳐 있는 다른 이들을 대신해서 말했다.

"에이브 씨."

상대는 역전의 상인.

현실적인 제안에는 현실적인 대답을 해왔다.

제 1 막

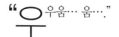"우 우움… 움….."

우물우물 입을 움직여 한동안 씹은 후 얼른 넘기고는 입을 또 벌린다.

거기에 국자로 뜬 죽을 떠 넣으면 다시금 딱 닫힌다.

이따금 이가 간지러운지 국자를 깨물 때가 있다. 이제 막 이가 나기 시작한 강아지 같다.

그런 강아지가 빵조각이 듬뿍 든 된죽을 나무그릇으로 두 그릇이나 받아먹더니 그제야 만족한 모양이다. 입술에 묻은 죽까지 깨끗이 핥고는 한숨 한 번 푹. 양털을 넣은 푹신한 베개를 두 개나 늘어놓은 채 그 위에 누워 있는 모습은 요양 중인 공주님처럼 보일 만도 하다.

단, 공주님으로 칭하기엔 몸매가 너무 빈약한 감이 있지만.

영광스럽게도 저 몸을 껴안아 본 적이 있는 자의 감상으로는 그렇게까지 빈약하진 않았으나, 적어도 겉보기에는 불룩한 데가 눈에 안 띈다.

아니, 오늘따라 묘하게 초라해 보이는 것은 웬일로 머리카락이 삐쳐 있어 그런 거겠지 — 하고 생각을 고쳐먹었다.

그 외에는 얼굴이 부어 있는 탓에 무지막지하게 언짢아 보인다고나 할까.

이 빈약한 공주님의 이름은 호로.

물론 호로가 공주일 리는 없지만, 어쩌면 여왕이었던 적은 있었을지도 모르겠다.

그것도 눈이 첩첩이 쌓인 북녘 숲속에서.

호로의 머리에는 늠름하게 돋은 늑대의 귀가, 허리에는 위풍당당한 꼬리가 달려 있다.

겉보기에 나이 열대여섯의 소녀로 보이는 것은 가짜이고, 참모습은 성인 남성을 한입에 꿀꺽할 수 있을 만큼 거대한 늑대다. 스스로를 현랑이라 칭하며 보리에 깃들어 풍작을 관장하는, 몇 백 년도 넘게 살아온 늑대이다.

하지만 역대 제후들과 어깨를 나란히 할 수 있을 만큼 번듯한 이력을 갖고 있으면 뭘 하나. 이런 모습을 봤다면 호로에게 대고 보리의 풍작을 기원하던 마을사람들마저 영 미덥지 않은 마음이 들게도 생겼다 싶다.

머리카락이 삐친 채로 밥을 받아먹는 것을 보면 위엄이고 권위고 간 곳이 없다.

물론, 꼴사나운 모습을 내보여도 좋을 만큼 마음을 허락하고 있는 것이 아니겠느냐고 한다면 듣기엔 그럴 듯하다.

그러나 로렌스는 그런 해석에 대해, 말이야 좋지— 하는 생각밖에 안 든다.

그도 그럴 것이, 호로에게 열심히 밥을 먹여 주는 것은 이번이 두 번째이건만 여태 고맙다는 말을 들은 기억이 없다.

이번에도 자못 당연하다는 투로 호로는 밥을 다 받아먹자마자 트림을 끄윽 하더니 귀를 한바탕 쫑긋대고 있었다. 시선이 아득한 것으로 보아 뭔가를 추억하고 있는 것이리라.

그리고는 얼마 지나지 않아 언짢은 듯이 눈살을 찌푸렸다.

"현랑이 근육통이라면 누가 믿겠냐?"

그릇을 정리하면서 한마디 하자 시선이 돌아왔다.

"당신은 그런 가냘픈 내, 가…, 윽…."

하며 머리를 갸웃하려다가 못 한다.

어제 한나절 내내 로렌스와 다른 한 사람, 유랑학생인 소년 콜을 태우고 황야를 내달린 호로다.

햇살 아래를 마음껏 달리는 것이 어지간히 기뻤는지, 숙소에 도착했을 때는 계단도 제대로 오르지 못할 만큼 지쳐 있었음에도 불구하고 묘하게 흥분하여 잠들기 직전까지 눈을 반짝였다.

달리는 도중에도 거의 쉬지 않는 바람에, 등에 매달려 있기만 했을 뿐인 로렌스와 콜이 먼저 소리를 지르고 말았을 만큼 달리고 또 달렸다.

그럼에도 아직도 더 달리고 싶어 하는 분위기였던 호로는, 사려 깊고 냉철하며 용맹한 숲속의 늑대라기보다는 들판에 풀린 개에 가까웠다. 비꼬아 줄 요량으로 로렌스가 빠른 다리와 체력을 칭찬해 주었더니 지금껏 보아왔던 것과는 비교가 안 될 만큼 의기양양한 얼굴로 가슴을 펴는 것이었다.

한 올 한 올이 은으로 만든 철사 같은 웅장한 털로 덮인 거대한 늑대가 앉아서 가슴을 펴는 모습은 과연 신의 이름에 걸맞게 위풍당당한 것이었다.

하지만 비꼬느라 칭찬해 준 것에 좋아라 하며 가슴을 펴는 것에는 쓴웃음을 금할 길이 없었다.

몇 백 년 동안이나 마을의 보리가 풍작을 이루도록 관장하는 신으로 떠받들어져 왔던 호로이다 보니 이런 식으로 어린애처럼 감정을 드러내는 것이 못 견디게 즐거운 것이겠지, 라며 호의적으로 해석하지 않았다가는 호로가 현랑이라는 것조차 잊어버릴 지경이었다.

물론, 단순히 원래 성격이 저렇다는 것은 지금까지 함께 여행을 해 와서 잘 안다.

그래서 로렌스는 한껏 칭찬해 주었다.

조금만 더 칭찬을 했다가는 호로의 꼬리털이 너무 파닥댄 나머지 너덜너덜해지고 말았으리라.

그런 일이 있던 터라, 오늘 아침 일어나서 본 호로의 얼굴이 차마 눈뜨고 볼 수 없게 처참했을 때는 그만 핏기가 싹 가시고 귀가 먹먹해질 만큼 식겁했다. 정말로 중병이 아닌가 했었다.

그것이 단순한 근육통이라는 것을 안 순간 어찌나 안심이 되었던지 하마터면 호로에게 버럭 화를 낼 뻔했을 정도다.

하기야 팔은 쳐들 수가 없지, 목은 안 돌아가지, 허리는 아파서 일어설 수가 없대서야 환자나 매한가지지만.

환자와 다른 점이 있다면 변함없이 배는 고픈 것이라고나 할까.

"사람을 둘이나 태우고 달렸으니 그럴 만도 한가?"

"신이 나서 너무 심하게 달리긴 했어."

제대로 움직일 수 있는 것은 귀와 꼬리 정도.

하지만 심하게 괴로운 것에 비해서는 후회가 되는 것처럼 보이지는 않는다.

호로는 소녀의 모습이 매우 마음에 들긴 하지만, 그래도 역시 본래의 모습인 늑대가 더 편하게 와 닿는 것일까.

그렇게 생각하면 지금까지 여행을 하면서 묘하게 언짢아하는 적이 있었던 것은 늑대의 모습으로 자유롭게 돌아다닐 수가 없어서 쌓인 불만이 원인 중 하나였을지도 모른다.

"그나저나."

로렌스가 이런저런 생각을 하고 있으려니 호로가 조그맣게 하품을 하면서 말문을 열었다.

"몸이 아파서 일어날 수가 없으니 참 체면이 안 서네. 내 등에 탔던 당신이 아침에 일어날 수가 없었다면 또 모를까."

몸은 못 움직여도 입은 잘만 돌아간다.

호로는 짓궂은 웃음을 지으며 그렇게 말했으나, 자세가 부자연스러운 덕에 영 모양이 살지 않는다.

곁에 콜이 있었다면 약간 당황했을 수도 있으나, 다행히 콜은 밖에 나가 있다.

"네가 좀 더 사려 깊고 선견지명이 있어서 모든 것을 맡겨도 절대 안심이 된다면 나도 무조건 네 말을 따르지. 하지만 어젯밤 일을 잊은 건 아니겠지?"

로렌스가 그렇게 말하자, 호로는 웬일로 반격을 해 오지 않는다.

그러기는커녕 분한 듯이 입술을 깨물더니 고개를 확 돌렸다.

어젯밤의 실수를 잘 알고 있는 모양이다.

"참 나. 널 따르는 건 고사하고 네 고삐를 당겨야만 했었다고. 넌 대체 누가 누구의 마부인 줄 아는 거야?"

호로가 반성을 하게 하는 좋은 기회일 수도 있다.

로렌스는 그런 생각에 박차를 가한다.

어제 호로의 질주 덕분에 로렌스 일행은 롬강을 따라 내려가는 배에서 내린 지 한나절이 지난 뒤에는 항구도시 케르베에 도착했다. 배로 내려왔으면 이틀은 걸릴 거리다.

그 속도는 가장 발 빠른 말을 탄 것보다도 빨랐을 터.

그토록 빨리 달려온 데에는 물론 목적이 있어서다.

로렌스 일행이 롬강을 따라 내려가던 도중에 알게 된, 로에프라는 지방의 산속 마을에서 신으로 모셔지고 있었다는 늑대의 뼈에 관한 이야기를 추적하기 위해서. 확증은 없지만 필시 호로와 같은 늑대의 것일 그 뼈를 교회 세력 또한 찾고 있다고 하는데, 문제는 그들이 스스로의 권위를 과시할 요량으로 뼈를 모독할 가능성이 있다는 것이다.

그것은 호로의 입장에서는 도저히 그냥 참으며 두고 볼 수 없는 일이다.

하지만, 순수하게 그런 이유에서 당초 예정을 변경해 가며 강을 내려가 그 이야기를 추적할 만큼 로렌스와 호로는 심사가 곱지 않을 뿐더러, 진짜 이유를 확실히 입에 담을 정도로 솔직하지도 않다. 로렌스는 이 여행을 웃는 얼굴로 끝내기 위해서 어쩌고 하는 구실을 갖다 붙였지만, 호로에게 물으면 호로 역시 또 다른 구실을 댔을 게 뻔했다.

그리고 막상 늑대 뼈에 관한 정보를 모아 보니, 그 뼈를 쫓고 있는 것은 롬강 유역의 교회세력을 비롯한 일단의 사람들인 듯했다.

그래서 롬강 유역에 대해 속속들이 잘 아는 에이브에게 묻기 위해 로렌스 일행은 케르베라 불리는 항구도시까지 내려온 것이었다.

귀족 출신이지만 몰락한 끝에 상인이 되었고, 레노스에서 교회와 손을 잡고 부정한 짓을 저질렀을 정도의 에이브이니, 정보망 또한 상당할 터. 레노스에서 얽혔던 모피 건이며, 주위를 따돌린 채 모피를 수출하기 위해 강에 배를 침몰시키는 방해공작을 편 것 등을 화젯거리로 삼으면 상당한 이야기를 끌어낼 수 있을 것이 확실하다는 계산이 있었다.

그러기 위해서 로렌스 일행은 라구사의 배에서 내린 뒤 호로의 등에 올라타 에이브를 쫓았다.

그러나 계산 착오가 있었다. 한동안 내려가다 따라잡은 배 위에 에이브의 모습이 보이지 않았던 것이다.

레노스에서 로렌스와 호로가 숙박했던 여관의 주인인 아롤드는 있었다. 그래서 그 배가 에이브와 관련된 배라는 것은 알았는데, 더더욱 이상한 것은 배 위에 대량으로 쌓여 있어야 할 모피도 눈에 띄지 않았다.

에이브가 모피를 싣고 케르베로 가려 한 것은 분명하다.

그렇다면 도중에 모피를 내려 육로로 나르고 있을 가능성이 높다. 애초에 모피를 가장 빨리 운반하기 위해 배를 이용하긴 했더라도, 거리가 길어지면 다른 수단이 전혀 없는 것은 아니다.

운이 좋았던 것인지, 아니면 계획적이었던 것인지는 몰라도 좌우간 말을 조달할 수 있었다 치면, 배로 운반하다 육로로 바꾸는 선택을 했다 해도 그다지 이상할 게 없다.

오히려 배를 강에 침몰시켜 뒤따라오는 배들의 발목을 붙들었다면, 이해관계로 볼 때 배에 모피를 싣고 강을 내려가고 있는 자가 범인으로 의심받는 것은 자명한 이치. 배로 물건을 재빨리 옮기는 것 자체가 자신이 범인이라고 공언하는 격이다. 그런 점에서도 도중에 육로로 변경하는 것은 혐의에서 벗어나는 효과적인 방법이 된다.

로렌스는 그런 추리를 바탕으로, 에이브는 이미 말을 이용해 짐을 운반하면서 케르베로 향하고 있으리라고 판단했다. 호로는 아롤드를 다그쳐 행선지를 물으면 된다고 주장했으나, 그것을 설득한 뒤 더욱 하류로 내려갔다.

그리고 로렌스는 자신의 가설이 옳았다는 것을, 해질녘에 호로가 멀리에서 오고 있는 상단을 발견하자 확신했다.

에이브가 이끄는 짐마차 행렬.

로렌스 일행은 선수를 쳐서 롬강 끝에 위치한 항구도시 케르베의 입구에서 에이브 일행의 도착을 기다렸다.

그 순간 에이브의 표정이라니. 마치 무덤 속에서 나와 돌아다니는 죽은 자를 본 듯한 것이었다.

얼음동굴에서 불어오는 듯한 싸늘한 바람이 시시때때로 앞머리를 흔드는 와중에 로렌스 일행은 에이브와 함께 케르베로 들어와 잠시 협상한 후, 에이브가 소개한 여관에 묵게 되었다.

이런 식의 재회야말로 에이브의 의표를 찌른 셈이니 이쪽이 우위에 설 것이었으나, 협의 내용은 로렌스의 입장에서는 한숨이 절로 나왔다.

늑대의 모습에서 소녀의 모습으로 돌아온 호로는 눈을 더욱 반짝이며, 말도 제대로 못할 만큼 지쳐 있었음에도 묘하게 흥분한 상태였다.

그런 호로를, 레노스에서 한바탕 말썽이 있었던 에이브와 한 방에 두었다가는 어떻게 될지 예상 못했던 바는 아니었다.

아무리 그렇더라도 하마터면 멱살잡이 싸움으로 번질 정도가 될 줄은 몰랐다.

"당신이 뜨뜻미지근하니까 그렇지. 누가 얼굴을 그 꼴로 만들었는지 잊었어?"

그러면서 자신의 정당성을 주장한다.

"상대를 비난해서 자신이 옳다는 걸 증명할 수 있을 것 같아? 설마 진심으로 그렇게 생각하는 건 아니겠지?"

"으…."

호로는 말을 어물대다가 입을 꾹 다물었다.

자신이 잘못한 것을 깨닫기는 한 모양이다.

그러면서도 왜 솔직하게 사과하지 못하는지는 로렌스도 알지만.

"그런 점에서 에이브는 대단했어. 씩씩대는 네 앞에서 맞서는 게 아니라 물러서는 쪽을 택했으니. 왠지 알아?"

호로의 눈이 로렌스에게서 멀어진다.

그냥 두었다가는 에이브에게 정말로 달려들 기세였던 호로를, 로렌스는 겨드랑이를 뒤에서 끌어안다시피 하여 뜯어 말렸다.

그때 에이브의 눈은 뱀처럼 싸늘하게 로렌스 일행을 훑어보더니, 위협도 무시도 하지 않은 채 끝에 가서는 설핏 웃었다.

"우리랑 붙어 봐야 이익 될 게 없다고 판단했기 때문이야."

"내가 그런 계산도 못하는 어린애인줄 알아?"

짧게 한마디 하고는 입을 꾹 다문다. 목구멍 속에 그 몇 천 배는 되는 말이 소용돌이치고 있는지, 얼굴이 점점 일그러져 갔다.

로렌스는 기막혀 하면서 그 모습을 바라보았다.

귀를 보면 정말로 화가 나 있지 않은 것은 명명백백.

그런데 왜 저러는가 하면.

"에이브는 네 분노가 이성적이지 않다는 걸 알았겠지. 넌 정말 어린애처럼 화를 냈어. 그야말로 이익을 다 떠나서."

요컨대 에이브는 자신이 밟아서는 안 되는 꼬리를 밟았다는 것을 이내 알아챈 것이다.

상대가 이성적으로 화를 내면 이성적으로 대응할 수 있으나, 감정적으로 화를 내면 이성은 역효과밖에 내지 않는다. 그래서 에이브는 순순히 머리를 숙였다.

그렇게 되면 감정적으로 화를 내고는 있으나, 이성적으로도 파악하고 있는 호로로서는 용서하는 수밖에 없다.

하지만 그것이 말처럼 쉽지가 않은 것이리라.

형식상으로는 용서해야만 하나, 도저히 용서가 안 된다. 호로는 이런 굴레 앞에서 이를 갈고 있는 것이다. 그 굴레를 끊기 위해서는 로렌스가 마법의 주문을 외우는 수밖에 없다.

하여간 손이 많이 가는 공주님이었다.

"하긴 뭐, 그렇게 감정적으로 부딪친 뒤에는 오히려 냉정하게 이야기를 하기 좋으니까. 이쪽의 이익을 끌어내기가 쉬워졌어."

"…그래서?"

호로가 이쪽을 힐끗 쳐다본다.

로렌스는 쑥스러워서 어깨를 으쓱한 뒤 살짝 한숨을 지었다.

체념의 한숨이다.

"날 위해서 화를 내 준 거라면… 그래, 고마워."

자고로 계약은 소리를 내서 선언하는 것이 관습인데, 그것은 꼭 장사에만 해당하는 이야기는 아닌가 보다.

이렇게 대놓고 이야기하는 것은 여전히 쑥스러워 죽을 지경이지만, 그래도 호로가 꼭 그거여야 한다면 어쩔 도리가 없다.

거래는 서로의 타협점을 찾아야만 성사되는 법이니까.

"뭐, 당신이 그렇다면."

하며 호로는 그제야 독기가 가신 얼굴로 귀를 쫑긋대는 것이었다.

창밖에서 양쪽 길가에 펼쳐진 시장의 떠들썩한 소음이 희미하게 들려온다.

겨울이라도 햇볕은 따스하여, 햇살 속에 있노라면 마치 봄이 온 것 같은 착각도 든다.

이러는 자신들이 너무 바보 같아 로렌스는 그만 피식 웃고 말았다. 그러자 호로도 덩달아 따라 웃는다.

평온하고 느긋한, 그 무엇과도 바꾸기 힘든 한때였다.

"자, 이제 그릇을 정리하고…."

"응."

로렌스의 혼잣말에도 호로는 일단 장단을 맞춘 뒤, 귀와 더불어 건재한 꼬리털을 손질하려고 시선을 떨어뜨린다.

지금까지 여행을 해 오면서 반복되었던 풍경.

그러나 전과는 다른 요소가 한 가지 있을 터.

그 장본인인 콜이 장을 보러 나가고 없다는 것은 방문을 노크하는 소리를 듣고서야 생각이 났다. 잠시 뜸을 들인 뒤 열린 문 앞에는 나무 통 같은 것을 껴안은 콜이 서 있었다.

'그런데 콜이 뭘 사러 갔었더라?' 하며 로렌스가 기억을 더듬으려던 순간, 강렬한 냄새가 코를 찔렀다. 뭐라 표현해야 할지 모를, 향초를 짓이겨 유황을 넣고 삶은 듯한 독특한 냄새다.

냄새가 너무 지독해서 절로 몸이 뒤로 휠 지경인데, 콜은 전혀 아무렇지 않은가 보다.

"연고를 지어 왔습니다!"

하며 서둘러 방 안으로 들어섰다.

숨을 헉헉대는 것을 보니 급히 달려온 모양이다.

호로는 콜을 마음에 들어 하며 툭하면 쓰다듬어대고, 콜은 콜대로 호로를 잘 따르고 있는 듯하다.

오늘 아침 호로의 상태를 본 콜은 아침 거래로 떠들썩한 장터로 쏜살같이 달려 나갔다.

북쪽 지방 출신은 약초에 대한 지식이 유난히 풍부하다.

베인 상처에서 열병에 이르기까지 온갖 경우에 대처할 수 있는 약초요법을 알고 있다 해도 과언이 아니다. 아마도 근육통에 잘 듣는 연고를 지어온 것이리라.

그러나 이 냄새는 좀 어떻게 안 되려나.

로렌스는 거기까지 생각하다 순간 멈칫했다.

호로.

로렌스가 돌아보자, 귀와 코가 유난히 뛰어난 요이츠의 현랑은 말 그대로 꼬리를 만 채 침대 위에서 끙끙대고 있었다.

호로에게 동정을 금할 길이 없다.

콜이 친절을 베풀어 지어온 연고를 어찌 거절할 수 있으랴.

로렌스는 베개 뒤에 숨어 도움을 요청하는 시선을 무시하며 콜의 곁을 스쳐 지나려 했다. 그 순간.

"아, 이 연고. 선생님 상처에도 잘 들어요."

베개에 머리를 묻고 있던 호로의 귀가 약간 기쁜 듯이 쫑긋했다.

짙은 녹색에 묘하게 끈적대는 연고였다.

로렌스는 그것을 헝겊에 발라 오른쪽 뺨의 부어오른 부분에 붙였다. 순간 날카로운 냄새가 바늘로 찌르는 듯하면서 뺨 언저리에 화끈한 열기가 퍼져갔다. 설상가상 눈은 아리지, 코는 비뚤어질 지경이다.

그래도 이 연고를 짓기 위해 콜이 없는 노잣돈을 아낌없이 턴 모양이라 도저히 마다할 수가 없다.

아무리 그렇다 해도 이 강렬한 냄새라니.

28

호로의 어깨와 허리에 발라줄 때도 어지간히 겁먹은 눈빛을 보내왔다. 냄새를 잘 맡는 호로이니 정말 괴로우리라.

하지만 나만 이런 냄새에 시달릴 수는 없다는 마음과 더불어, 적어도 효과는 있을 것 같아 호로에게 연고를 발라 주었다.

옷은 나중에 다시 사 줘야만 할지도 모르겠다. 또는 맛좋은 술을 사 주거나.

한바탕 다 바르고 나자 원망이 가득한 눈빛으로 째려보니 그렇게 마음먹지 않을 수가 없었다.

"아, 맞다. 아까 여관으로 돌아오는 도중에 어제 그 상인 분을 만났는데, 로렌스 선생님을 뵙고 싶다고 했어요."

호로가 특히 결려 있던 부분에 연고를 거듭 발라 준 뒤 손에 묻은 것을 닦아냈다.

강력한 약인 것은 분명한 모양이니 어쩌면 정말 효과가 있을 수도 있겠다.

로렌스는 연고 냄새 때문인지 침대 위에서 끙끙 대는 호로를 곁눈질하며 콜에게 되물었다.

"어제라면, 에이브?"

"예."

"하긴, 쇠뿔도 단김에 빼랬지. 오늘내일 중에 이곳을 떠야 할 테니."

몰락한 귀족신분이면서 상인으로서 파죽지세의 출세가도를 달리고 있는 에이브.

목재와 모피의 도시 레노스에서는 로렌스를 함정에 빠뜨리는 형태로 어처구니없는 모피 거래를 꾀했다. 일대 도박 끝에 손에 넣은 모피를 이곳 케르베로 운반해 올 때도 다른 패들의 모피 운반을 막기 위해 강바닥에 배를 침몰시키기까지 했다.

교활한 지혜와 두둑한 배짱으로 만전을 기하고 있을 테지만, 이곳에서 우물대다가는 위험천만한 거래로 쌓은 둑이 엉뚱한 데서 터져 버릴지도 모르니 잽싸게 먼 곳으로 내빼는 게 정석이다.

그뿐 아니라, 레노스에서 가져온 모피를 이곳보다 더욱 먼 도시로 수송해야만 한다.

도시가 본격적으로 활동을 개시하기엔 아직 일렀지만, 에이브의 입장에게는 오히려 너무 늦은 시간일 수도 있었다.

"어디로 오라든?"

"어, 조금 있다가 이리로 모시러 온다고 했어요."

"…그래."

에이브는 바쁜 몸이니 굳이 일부러 여기까지 온다고 할 때는 뭔가 속셈이 있을 것이다.

언뜻 짚이는 것은 롬강에 배를 침몰시킨 범인으로서 고발되기 싫어서랄까.

"그런데 너, 아침밥은 먹었냐?"

"예? 아… 예에."

호로만큼은 아니어도 로렌스 역시 상인이니 남이 거짓말을 하는지 안 하는지 꿰뚫어 보는 눈을 익혀 왔다.

콜의 머리를 톡 친 후 잠자코 빵이 든 삼베자루를 디밀었다.

자기 아침밥을 살 돈까지 써서 연고를 짓기 위한 약초를 샀을

게 뻔하다.

이교도 마을을 지키기 위해 교회권력을 이용하겠다는— 그런 불온한 목적으로 교회법학을 공부하러 남쪽 도시의 학교에 다녔으면서, 하는 짓은 진짜 정교도보다 더 정교도답다.

콜은 자루를 받아들고는 다소 당황한 듯했으나, 로렌스는 신경 쓰지 않는 척하며 모포 속에서 끙끙대고 있는 호로의 곁으로 다가 갔다.

잠시 나갔다 오겠다는 뜻을 전하자 얼굴은 들지 않은 채 귀로만 대답했다.

냄새 탓에 기절이라도 하는 게 아닌가 싶었는데, 의외로 그럴 일은 없는 듯하다.

로렌스 자신도 어느 결엔가 냄새가 거슬리지 않게 되었다. 대신 연고를 바른 오른쪽 뺨이 화끈거리면서 타박상이 나아가는 느낌이 들었다.

늑대인 호로라면 더욱 명확하게 효험이 느껴질 수도 있겠다.

침대에서 멀어지는 찰나 "졌다가는 가만 안 둬."라는 말을 하는 것을 보아하니 예상이 틀리지 않았으리라.

로렌스가 안심하며 돌아서자, 한동안 삼베자루를 든 채 머뭇대던 콜이 빵을 두 개 꺼내 들고 서 있었다.

자루 속에는 보통 호밀빵과 우유가 들어간 호밀빵이 있었건만, 손에 든 것은 둘 다 보통 호밀빵. 그 조신함에 그만 쓴웃음이 나온다.

호로도 조금쯤 배웠으면 싶다.

"너도 갈래?"

라고 물은 것은 에이브와 이야기를 하는 곳에 함께 가겠느냐는 뜻.

콜은 잠시 눈을 굴리더니 고개를 끄덕였다.

에이브에게 물으려는 것은 호로처럼 신이나 정령으로 불리는 늑대의 다리뼈에 관한 이야기다. 그것은 콜이 태어난 고향의 바로 옆 마을에서 모시던 수호신의 것이다.

그리고 콜은 그 늑대의 다리뼈를 둘러싼 이야기가 진실인지 아닌지 확인하고 싶어서 로렌스, 호로와 함께 여행하기를 원했다.

그렇다면 따라오고 싶어 하지 않을 리가 없다.

그것을 알면서도 굳이 물어본 것은, 묻지 않으면 따라오려 하지 않을 듯해서다.

어려서부터 괜한 잔걱정이 많았을 듯한 성격이었다.

호로를 잘 따르는 것도, 어쩌면 방약무인한 분위기가 신선해서일 수도 있다.

"그럼, 그거나 얼른 먹어 둬."

방을 나서며 그렇게 말하자 콜은 허겁지겁 빵을 입에 넣었다.

"에, 예에."

그런 뒤 로렌스는 이런 말을 덧붙였다.

"그리고 다 먹은 뒤에는 밀빵을 먹었다는 표정을 짓지 않기다?"

행동거지는 수도원에서 잘 가르친 덕분인지 기품이 있으면서도, 유독 먹는 데에 관해서만은 고생 고생한 여행 탓인지 다소 야성미가 넘친다.

지금도 다람쥐처럼 빵을 잔뜩 입에 문 채 콜은 어리둥절한 얼굴을 하고 있다.

그러다가 로렌스의 말뜻을 알아들었는지 웃으면서 빵을 삼킨 뒤 대답했다.

"음식을 먹을 때는 입을 꼭 다물고 먹어야 한다는 얘기는 교회에서도 가르치지요."

"그건 반대로 좋은 음식을 먹는 것을 감추기 위해서지?"

로렌스가 문을 닫으며 걸음을 떼자 콜은 충실한 제자처럼 한 발짝 뒤에서 따라온다.

"방금 주신 빵은 굉장히 맛있었습니다."

그러면서 배시시 웃으니, 참으로 영특한 소년이었다.

여관의 1층은 식당이다.

아침밥이라는 사치는 여행객들이나 하는 것으로 정해져 있기 때문에 테이블에 앉아 있는 이들은 대부분이 지금부터 길을 떠날 복장이었다.

그런 와중에 에이브가 여전히 변함없는 차림으로 테이블 앞에 앉아 있으니, 언뜻 보기엔 그녀 역시 오늘 이곳을 뜰 여행객으로 보이기도 한다.

어쩌면 그런 것이 맞을지도 모르나, 현재 로렌스의 최대 관심사는 에이브가 맨얼굴을 감추기 위해 얼굴을 천으로 칭칭 감고 있는 것도 모자라 코 있는 데까지 푹 눌러쓰고 있다는 점이다.

"…지독한 냄새로군."

카운터 너머로 여관주인이 마땅찮은 얼굴로 이쪽을 노려보고 있고, 다른 손님들은 화를 내는 것도 잊은 채 무슨 일인가 하여 놀란 표정들이다.

그래도 로렌스는 애써 태연한 태도를 보였고, 콜로 말할 것 같으면 정말로 신경 쓰지 않는 듯하다.

지방에 따라 그 지역 사람들이 선호하는 냄새가 다르기 마련이지만, 아마도 이건 극단적인 예이리라.

로렌스가 그런 생각을 하면서 맞은편 의자에 앉자, 에이브는 뜻밖의 말을 했다.

"하지만 오랜만에 맡는 냄새야. 그 상처, 밤에는 깨끗이 싹 가실 걸."

콜이 지어준 연고를 바른 오른뺨의 상처는 에이브와 싸울 때 도끼자루에 사정없이 맞아 생긴 그 상처다.

말투에 약간 농담기가 묻어 있었다.

"이 아이가 조달해 준 것인데, 역시 박식하시군요."

로렌스는 뒤에 선 콜을 가리키면서 약간 과장스럽게 대답해 주었다.

"흥? 로에프 출신인가?"

에이브는 콜을 조용히 바라본 뒤 눈을 한 번 내리감았다.

무엇을 생각하고 있는지는 알 수가 없다.

"난 룜강에 관해서는 속속들이 알고 있으니까. 그 정보를 얻으려고 이곳까지 날 쫓아왔다면서? 무슨 방법을 쓴 건지 모르겠지만, 믿어지지 않는 속도로 말이지."

얼굴을 칭칭 감은 천 너머로 눈이 가늘어진다.

상인의 좋은 점은, 설령 서로 죽기 살기로 맞붙었다 하더라도 이해가 일치하면 손을 맞잡을 수 있다는 것. 계약과 관련된 것이 아닌 한 감정적인 응어리 따윈 남기지 않는다는 것.

레노스에서 그런 일을 겪었으면서도 마치 오랜 친구 사이 같았다

"어젯밤에는 어찌나 놀랐는지. 근 몇 년 만에 느껴 보는 충격이 었지. 계약서에 뭐라도 빠뜨렸나 했다니까."

빙빙 돌려 말하는 호로의 말투엔 늘 혼란스럽지만, 이런 것이라면 로렌스도 알아듣고도 남는다.

가슴속이 울렁이는 것은, 어쩌면 사랑과 비슷한 감정일지도 모른다.

상인이 서로의 속셈을 탐색하는 것은, 그야말로 배를 간질이는 것 마냥 즐겁기 때문이다.

"예에. 필요한 건 당신의 지식뿐입니다. 당신과 저 사이에는 거래상의 계약은 단 한 건도 맺어져 있지 않으니까요."

이참에 에이브의 모피를 노리고 있는 것은 아니라는 점을 분명히 해 둔다.

에이브는 가만히 고개를 끄덕인 뒤 의자에서 일어섰다.

"장소를 바꾸지. 여기 있다가는 다른 손님들과 여관주인에게 원한을 사겠어."

그 말은 장난스럽게.

그러나 영 농담인 것만도 아닌 듯하여 로렌스는 콜을 데리고 에이브의 뒤를 따랐다.

"그런데, 일행은 어쩌고?"

여관을 나서자 좁은 대로가 나온다. 굳이 표현하자면 약간 넓은 골목길이라고 하는 편이 맞을지도 모르겠다.

항구도시 케르베는 강을 사이에 두고 강북과 강남으로 나뉘어 있는데, 로렌스 일행이 숙소를 잡은 곳은 강북이었다.

강북에는 깨끗한 건물이 많지 않다. 강을 따라 들어선 시장이 북적이긴 하나, 거기에서 조금만 떨어져도 골목과 기울어진 건물이 많아 어딘지 모르게 황량한 인상을 주었다.

건물 높이가 일정하지 않은 것만 봐도, 도시의 경관에 대한 참사회의 마음이 너그럽거나, 또는 통제력이 떨어지거나 둘 중 하나다.

도시의 상황에서 볼 때— 후자 쪽일 수도 있다.

로렌스가 그런 생각을 하고 있는 사이에 에이브는 거침없이 시장과는 반대쪽으로 걷기 시작했다.

"일행은 여독이 풀리지 않아서요. 온몸에 이 연고를 바른 채 누워 있죠."

"그 일행이야…."

하며 말을 하다 말고 돌아보더니 콜을 살핀다. 천 너머로 슬쩍 웃는 것이 느껴졌다.

"분명히 곧 좋아질 거야."

호로가 아니더라도, 그거 참 안됐군— 이라는 말을 집어삼킨 것은 알 수 있다.

콜만이 약간 자랑스러운 듯이 웃었다.

"하지만 나한테는 행운인가. 아니, 당신한테도 행운이라 해야 할까?"

"둘 다겠죠."

로렌스는 어깨를 으쓱하며 쓴웃음을 지었다.

에이브가 알고 있는 정보를 어젯밤에 묻지 못한 것은 호로의 분위기가 그만큼 험악했기 때문이었다.

"어쨌든 나를 위해 화를 내 주는 타인은 귀한 재산이야. 소중히 하라고."

"저를 자기 재산으로 생각하고 있어서, 상처를 낸 것에 화가 났는지도 모르죠."

외투 밑으로 에이브의 어깨가 들썩인다.

그러면서 훌쩍 길옆으로 비켜선 것은, 겨울에도 나는 잎채소를 바구니 한가득 담아 든 여자가 건너편에서 걸어오고 있기 때문이었다.

시장에 내다팔러 가는 길일 터인데, 여름철에 나는 것에 비하면 짙은 녹색을 띠고 있어 차가운 느낌이 든다. 식초에 절이거나 날로 먹기에는 적합하지 않아도 수프에 넣으면 아마 맛있을 것이다.

"만약 당신이 그 일행의 소유물이라면 그때는 배상을 요구하겠지. 그런데 당신 일행은 복수를 원했어."

에이브의 어둡고 푸른 눈동자가 한순간 쓸쓸하게 보인 듯했다.

집안이 몰락하여 귀족의 호칭을 돈으로 사려는 졸부 상인에게 가문의 이름과 더불어 팔려간 에이브.

돈으로 에이브의 남편 자리를 꿰찬 상인은 에이브가 상처를 입으면 상대에게 무엇을 요구했을까.

돈? 아니면 복수?

생각하는 것만으로도 에이브에게 상처를 주게 될 것 같다.

자신이 말을 잘못 골랐다 싶어 약간 후회가 되었다.

"큭큭. 이런 식으로 상대에게 죄책감을 안겨서 동정심을 부추기면 나중에 흥정하기 쉬워지지."

미인계와 눈물 찍기는 언제든 정상적인 거래를 초월한다.

경계를 하고 있어도 얼결에 걸려들고 만다.

머리를 긁적이면서도 얼굴은 피식 웃은 것은 물론 이유가 있어서다.

"하지만 그것을 군이 말로 설명하는 건?"

로렌스는 수수께끼를 즐기듯이 말한 뒤, 대화를 따라오려 필사적인 콜을 쳐다보면서 뒷말을 이었다.

"그런 식으로 자신이 친 함정을 드러냄으로써 이쪽의 경계심을 풀려고 하는 것이죠."

"그렇지. 더욱 깊이, 이를 푹 박아 넣기 위해서."

머리에 감은 천을 풀면 그 밑에는 틀림없이 날카로운 송곳니가 보이는 웃음을 짓고 있을 게 틀림없다.

호로가 왜 에이브를 여우라고 부르는지 알 것 같다.

이 상인이 너무도 늑대다워서, 호로는 같은 늑대라고 인정하기가 싫은 것이다.

"자, 다 왔다."

"여기는?"

우뚝 멈춰 서자 콜이 등에 와 부딪쳤다. 아마도 주거니 받거니 하는 이 대화에서 조금이라도 뭔가를 배우기 위해, 로렌스와 에이브가 나눈 말을 골똘히 되짚고 있던 것이리라.

로렌스도 스승에게 똑같이 했던 기억이 떠올라, 마음이 조금 아련해진다.

"이 도시의 내 거점이야. 간판을 내걸지 않은 상회라면 짐작이 갈 테지?"

주변 건물에 비해 벽은 거뭇거뭇한 데다 지붕은 당장이라도 길 쪽으로 흘러내릴 듯한 분위기였으나 토대 부분의 주춧돌은 단단히 짜여 있었다.

다분히 연극을 하는 투의 에이브의 말에 콜이 불온한 느낌을 받았는지 마른침을 삼킨다.

하지만 물론 이건 농담이다. 가만 보면 거뭇거뭇한 벽에 뭔가를 떼어낸 듯한 흔적이 있었다.

요컨대, 도산을 했거나 폐업한 상회 건물이다.

"너무 놀리진 마셨으면 하는데요."

문을 잡는 에이브의 등에 대고 그렇게 말하자, 그것을 들은 콜이 "어?"하는 소리를 흘렸다.

그러더니, 자신만 몰랐다는 것을 그제야 깨달은 모양이었다.

그것을 확인하려는 것은 아니었겠지만, 에이브는 돌아보며 약간 즐거운 듯이 이렇게 대답했다.

"왜? 귀여운 제자라서?"

"유감스럽게도 제자가 아닐뿐더러, 이 녀석은 상인도 아닙니다. 그러니 비뚤어지게 크지 않았으면 해요."

그 말에는 에이브답지 않게 소리를 높여 크게 웃는다.

"핫핫하. 그러네. 맞는 말이야. 상인이란 인간들은 너무 비뚤어졌지."

자신의 머리 위로 난무하는 대화에 분한 듯이 입을 꾹 다문 채선 콜을 두고, 비뚤어진 두 상인은 건물 안으로 들어간다.

로렌스가 뒤를 돌아보자 약간 뚱한 표정으로 콜도 따라 들어왔다.

무시당했다는 생각이라도 드는가 보다.

로렌스는 쓴웃음과 함께 한숨을 지었다.

상인의 곁에 있다가는 모처럼 솔직한 콜의 성격마저 뒤틀리고 말지 모른다는 생각이 들었던 것이다.

산양유에 버터와 벌꿀주를 섞은 것이 나왔다.

콜에게는 벌꿀주 대신 그냥 벌꿀을.

버터의 질이 좋아서인지 그다지 좋아하지 않는 호밀빵이 당겼다.

"아롤드 씨는 아직 도착하지 않으셨나요?"

로렌스 일행이 건물 안으로 들어서자, 실내는 착 가라앉아 있었다.

거실에는 벽난로 속에서 숯이 불꽃을 튀기는 소리와, 그 옆에 놓인 냄비에서 산양유가 천천히 끓는 소리만이 나직하게 들리고 있었다.

벽난로 앞에 앉아, 뜻밖에 민첩한 솜씨로 음식을 준비해 주는 에이브를 바라보고 있는 동안에도 다른 소리는 일체 들리지 않았다.

"아마 오늘 저녁쯤엔 오겠지. 먹으려나?"

하며 에이브는 나이프로 착착 자른 밀빵을 집어 들며 물었다.

나무 접시에는 냄비 가장자리에 붙어 있었을 터인, 산양유를 끓여서 치즈처럼 엉겨 붙은 덩어리가 담겨 있었다.

여기다 소금과 기름으로 절인 청어살을 얹어 먹으면 아주 맛좋을 것이다.

"이런 걸 먹었다가는 앞으로 여행길이 괴로워질 것 같은데요."

"그렇지. 입이 고급이 되었다간 여비가 단숨에 치솟으니까. 하지만 상인이 아니라면 그런 건 신경 쓸 필요 없겠지?"

에이브는 그러면서 콜의 앞에 자른 빵을 내려놓았다.

콜은 놀란 듯이 에이브를 쳐다보고는 이어서 난감한 표정으로 로렌스를 바라보았다.

"남들의 호감을 사는 것은 일종의 운명과도 같은 것이지."

망설이는 콜을 쳐다보며 웃던 에이브는 두건을 풀고 맨얼굴을 드러냈다.

그 순간 콜이 어찌나 놀라던지, 보고 있자니 상당히 재미가 있었다.

"이런 나도 모성이란 게 남아 있는가 보네."

그러면서 자조하듯 웃으니, 어딘지 모르게 슬픔이 깃들어 있는 에이브는 가슴이 뜨끔할 만큼 아름답다.

늘 생각하는데, 아무래도 남자보다는 여자가 훨씬 상인에 적합한 것 같다.

저렇게 이런저런 뜻밖의 일면을 보여주면 제아무리 용의주도한 사내라도 그리 쉽사리 당해낼 길이 없을 테니까.

"자, 그래서 뭐가 궁금한데?"

로렌스에게 받은 호밀빵처럼 허겁지겁 먹는 게 아니라 이번에는 천천히 음미하듯 밀빵을 먹고 있는 콜을 바라보면서 에이브는 그렇게 말문을 열었다.

"천벌 받을 이야기요."

"이곳의 상회가 이교신의 성조물을… 이교도들에게도 성스럽다는 게 있는지는 모르겠지만, 그것을 찾고 있다는 이야기 말인가?"

로렌스가 고개를 끄덕이자, 에이브는 약간 아련한 눈빛으로 산양유를 입에 댔다.

"그 소문은 한 2년쯤 전에 롬강 일대에 그럴싸하게 퍼졌었지. 한때는 뒤가 구린 장삿거리에 손을 대고 있는 패거리들이 꽤나 술렁이기도 했고."

"진상은?"

멀리서 어린아이의 울음소리가 들려왔다.

도시 안에서는 새 울음소리보다 어린애가 우는 소리를 더 자주 듣게 된다.

"혹시나가 역시나 하는 얘기지. 뼈가 발견됐다는 소식은 들리지 않은 채, 소문은 퍼졌을 때와 마찬가지로 급속도로 사그라졌고— 그냥 안주거리 삼아 이야기되는 정도야."

에이브가 거짓말을 하고 있는 것으로는 느껴지지 않는다. 무엇보다 거짓말을 할 이유가 없다.

그러나, 아니 땐 굴뚝에 연기가 날 리 없는 법이다.

"소문의 출처는 롬강으로 흘러드는 지류, 로에프강 상류에 있는 레스코라는 곳의 상회인 것이 맞습니까?"

그 레스코의 상회와 이곳의 진 상회가 동화를 거래하고 있었다.

그뿐 아니라 그 거래에는 묘한 점이 있었다. 수입한 동화 상자의 개수와 수출한 동화 상자의 개수가 맞지 않는 것이다.

로렌스는 무엇이 원인인지 여태 풀지 못하고 있었으나, 자신의 옆에서 에이브조차 눈웃음을 지을 만큼 빵을 맛있게 먹고 있는 콜은 그 까닭을 알아챈 모양이다.

빨리 알아내야 할 필요도 없는 터라 이제껏 그 답을 물어보진 않았으나, 스스로 해결하지 못한 점에서는 역시 분하다.

"맞아. 데바우 상회라고 했던가. 레스코의 광산을 둘러싼 이권을 움켜쥔 잘나가는 상회지."

"이곳으로 치면, 진 상회가 주요 거래처이고요?"

"호오. 그런 이야기를 언제 모았느냐고 묻고 싶어질 정도네. 이미 다 조사해 놨잖아?"

에이브는 산양유에 빵을 적셔 입에 넣었다.

로렌스는 그것을 보며 호로를 데려왔어도 됐을 뻔했다는 생각이 들었다.

이렇게 맛있는 게 있으면 호로는 완전히 회유되고 말 테지.

"레스코의 데바우 상회와, 우리가 모피를 둘러싸고 일대 소동을 벌였던 레노스의 교회, 그리고 이곳의 진 상회가 동제품의 흐름을 관할하는 핵심이거든. 레노스 교회야 단순히 압력을 가해서 세금을 갈취하는 정도지만. 데바우 상회와 진 상회는 사이가 각별할 거야."

"그건 어떤 의미에서?"

로렌스가 바로 치고 들어가자 에이브는 쓴웃음을 짓듯이 입술의 한끝만 치켜 올렸다.

콜도 그것을 깨닫고는 얼굴을 들었다.

"미안하구나. 나쁜 뜻은 없었어."

그만 웃고 말았다는 듯이 에이브는 눈을 내리깔더니 입가를 손으로 문지르며 말했다.

그런 뒤 한쪽 눈만 뜬 채 로렌스를 쳐다본다.

"내가 받은 인상으로는 당신은 꽤 신중한 상인이었는데. 왜 이런 허황된 일에 이렇게 진지한 거지?"

상인이라는 패거리가 질문을 할 때는 기본적으로 답을 알고 있을 때다.

에이브는 온화하게, 그러나 즐거운 듯이 웃고 있었다.

"아시다시피, 일행이 북쪽 태생이라서요."

로렌스가 대답하자, 그렇겠지— 하는 얼굴로 에이브는 손안에 있는 컵을 들여다보았다.

"그 귀여운 아가씨를 위해서가 아니고서야 이런 비합리적인 짓을 할 리가 없을 테지."

"그건 모르죠."

민망하지만, 그만 변명을 하고 말았다.

에이브는 아주 약간 눈으로 웃었을 뿐, 그에 대해서는 더 이상 말하지 않았다.

"뭐, 태어난 고향에서 숭배하던 신체(神體)가 돈으로 매매된대서아 도저히 가만있을 수가 없겠지. 하지만 그렇다면 마음에 걸리는 게 있어."

"어떤?"

여전히 손안에 든 컵을 들여다보는 자세인 채로 에이브는 눈동자만을 들어 로렌스를 쳐다보았다.

저 재미있어 하는 표정이라니. 마치 상대의 약점을 파고들어 어떻게든 값을 싸게 때리려는 상인 같다.

"당신은 물건을 돈으로 사는 상인이잖아? 그렇다면 당신은 당신 일행의 친구일까, 적일까? 혹은 선(善)일까? 아니면… 악(惡)일까?"

콜이 조금 놀란 듯이 몸을 움츠렸다.

로렌스는 돈을 모으고, 매사를 돈으로 해결하는 상인이 맞다.

그런 점에서는 신이라 불리는 늑대의 뼈를 돈으로 사려 들면서 어떤 목적으로 이용하려 하는 무리와 동질적이다. 상인이란 존재는 언제든 온갖 종류의 문을 돈이라는 열쇠로 비틀어 여니까.

만약 늑대 뼈를 둘러싼 이야기가 진실이고, 만의 하나 그 행방을 알게 되면, 로렌스는 그 뼈를 되찾기 위해 틀림없이 상인의 자세로 맞서게 될 것이다.

그렇게 되면 호로와 콜은 그것을 어떻게 생각할까.

늑대 뼈를 돈으로 사려 하는 것에는 잘못이 없다.

그때에 로렌스는 호로와 콜의 편일까? 또는 그 행위 자체는 악일까, 선일까?

로렌스는 산양유로 입술을 축인 뒤 이렇게 대답했다.

"돈으로 물건을 사는 것은 악이 아닙니다. 물건 이외의 뭔가를 사려 드는 경우에 대개 악이라는 소리를 듣게 되는 것이지요."

"그렇다면?"

"권위나 권력을 위해, 또는 일행의 마음을 끌기 위해 늑대 뼈를 사려 든다면 제 일행은 저를 경멸하겠지요. 돈은 어디까지나 물건을 사기 위한 도구일 뿐, 그 이외의 뭔가를 살 때 악이 되는 겁니다. 나무를 베기 위한 도끼로 사람을 베는 것처럼요. 제 일행은 물론 그런 점은 이해해 줄 겁니다."

에이브의 눈이 가늘어지면서 입술이 한층 치켜 올라갔다.

모든 것을 돈으로 다루는 상인들은 그것이 선이냐 악이냐 하는 정의(正義)에 관한 질문을 받는 일이 많다.

또한, 상인에게 있어 중요한 요소 중 하나가 신용이다.

정의에 관한 질문을 받았을 때 어떻게 대답하느냐에 따라 상인으로서의 격이 결정된다고도 할 수 있다.

정의의 질은 사람의 질. 그리고 그것은, 저울로 잰다면 신용과 같은 것이다.

에이브가 거기까지 생각한 것인지 어떤지는 확실치 않으나, 적어도 중요한 판단재료로 쓰려 했다는 것은 틀림없다.

로렌스의 대답을 듣자 오싹한 웃음을 짓더니 문득 표정을 풀며 손에 든 컵을 내밀었다.

"당신과는 또 거래를 하고 싶어지는걸. 묘한 것을 물어 미안하네."

로렌스도 무사한 왼쪽 뺨으로 가볍게 웃으면서 에이브가 내민 컵에 자신의 컵을 맞췄다.

하지만 아슬아슬하게 맞부딪치지는 않는다. 이런 행동은 만의 하나라도 상처를 내서는 안 되는 값비싼 은식기를 사용할 때의 예법이다. 그렇게 함으로써 이 건배가 값비싼 은식기를 쓰면서 행하기에 걸맞다는 걸 나타내는 것이다.

"당신과 당신 일행을 보고 내가 부럽다고 했었는데, 지금처럼 그런 생각이 든 적이 없어."

"그럼 저는 그것을 자랑으로 여겨 두겠습니다."

에이브는 소리 없이 어깨만 들썩이며 웃었다.

그리고 시선을 로렌스에게서 콜로 옮기더니 상인의 웃음으로 돌아가 말을 걸었다.

"너는 이 그래프트 로렌스의 제자는 아닌 듯한데, 나는 진심으로 그것을 안타깝게 생각한다고 말해 두마."

콜은 그 말에 당황해 어쩔 줄 모르더니, 난처한 듯이 고개를 푹 숙이고 말았다.

로렌스는 그 모습에 웃으면서도 아쉬운 생각이 들었다.

난처해 한다는 것은, 콜을 제자로 삼을 수 없다는 뜻이니까.

에이브도 그 점을 알았는지 웃으면서 눈을 감았다. 그리고 다시 눈을 떴을 때는 로렌스를 향해 있었다.

"당신이니까 알고 있을 거라 생각하지만, 데바우 상회가 찾고 있었다는 늑대 뼈 이야기는 뤼미오네 금화로 100냥쯤 되는 정도가 아니야. 섣불리 다가섰다간 사람 목숨이 얼마나 값싼지 알게 될 이야기지. 그럼에도 나는 내 자신의 상인으로서의 눈을 믿는 만큼, 당신을 그것과 동급으로 믿어 보려고 해."

컵을 빙글빙글 돌린 뒤, 로렌스는 내용물을 가볍게 입에 댔다.

이 순간에 큰소리를 치지 않았다가는 틀림없이 호로에게 혼이 나리라.

"저는 돈이라면 껌벅 죽었습니다. 그러나 일행은 목숨보다 소중합니다. 저도 '기대' 하지요."

에이브와 목숨을 놓고 싸우던 와중에 나누었던 본심.

늑대의 모습으로 호로가 웃었을 때처럼, 에이브가 이를 주르륵 드러냈다.

"가끔은 보물 지도에 그려진 보물을 쫓는 것도 괜찮을지 모르겠군. 좋아. 당신들의 목적은 데바우 상회와 친한 진 상회에서 유연하게 정보를 빼내는 것이지? 진 상회에 소개장을 써 주지. 그 다음은…."

한쪽 눈을 감은 채 고개를 갸웃하는 것은 에이브 나름대로 자신이 있다는 몸짓인가 보다.

"당신 재량에 달렸어."

무심결에 반할 뻔했다고 호로에게 말했다가는 목덜미를 물어 뜯길지도 모를 테지만, 거짓말이 아니었다.

에이브는 타고난 상인이다.

자신의 표정이 어떤 의미를 갖는지 완전히 알고 있는, 그런 천부적인 재능으로 넘치고 있다.

로렌스는 애매모호하게 머리를 숙였다.

황금의 길을 내닫는 상인이란 과연 이런 사람을 말하는 것이로구나― 하는 생각이 들었던 것이다.

값비싼 양피지를 나이프로 재단하여 내용을 기입한 후 모래를 뿌려 잉크를 말린다. 그 사이에 말총으로 만든 끈과 붉게 염색한 밀랍을 준비한다.

잉크가 마른 것을 확인하고 양피지를 둘둘 만다. 녹인 밀랍으로 봉인하여 말총을 꼬아 만든 끈으로 묶으면 친서가 완성된다.

이 정도의 소개장이라면 단 한 통의 편지라 해도 상인이라면 무시할 수 없는 금액이 된다.

로렌스와 다시 한 번 거래를 하고 싶다고 했던 에이브의 말은 나름대로 믿어도 될 것 같았다.

"나는 별 문제가 없는 한 내일 오후에는 이곳을 떠날 거야. 뱃길을 타고 남쪽으로 내려갈 거니까 한동안 이 추운 지방과도 이별이지."

"그럼 이 소개장에 대한 인사도 겸하여 배웅을 하러 오겠습니다. 대상인이 되시기 전의 모습을 봐둘 수 있을 테니까요."

그러면서 받아든 친서를 가볍게 치켜들자 에이브는 쓴웃음을 지으며 고개를 끄덕였다.

"길 떠나기 전의 휴양 삼아 오늘 하루는 느긋하게 지낼 거야. 밤에 오면 하인들이 차린 요리도 맛볼 수 있을 텐데."

"해가 떠 있을 때 오면요?"

어쩌면 에이브의 웃음은 보통 사람들의 놀라는 얼굴인지도 모르겠다.

한동안 웃음이 굳어 있었으나 이윽고 팔짱을 고쳐 끼면서 한숨을 지었다.

"저택에 나밖에 없으면…. 그렇지. 내가 솜씨를 한번 부려 볼까?"

레노스에서 에이브와 맨 처음 제대로 된 이야기를 나누었을 때, 농담을 섞어가며 붙임성 면에서는 자신이 있다고 이야기했었다.

그리고, 그것은 거짓말은 아니었던 것 같다.

귀족 출신에 걸맞은 부드러운 목소리로 에이브가 그렇게 말하면, 약간 쉰 목소리가 고귀한 분위기를 띠며 귀를 간질인다.

콜은 입을 쩍 벌린 채 에이브를 바라보고 있었다.

나름대로 차림을 갖춘다면 과연 여귀족다울 것이다.

"요리되는 것은 소와 돼지에만 국한되는 것이 아닐 테니 주의가 필요하겠군요."

"큭큭. 뭐, 당신 일행의 기분이 괜찮으면 다음엔 셋이서 오면 되지."

"그러겠습니다. 소개장, 감사합니다."

로렌스가 그렇게 대답하자 에이브는 고개를 끄덕인 뒤 살짝 손을 흔들고 천천히 문을 닫았다.

헤어질 때 상대에게 손을 흔드는 상인은 없다.

마지막의 그 몸짓은 로렌스의 비스듬한 뒤쪽에 서 있던 콜에게 한 것이리라.

로렌스는 소개장을 상의 안에 곱게 넣으면서 힐끗 뒤를 돌아보았다.

그럴 줄 알았다고 해야 할지, 콜이 닫혀 있는 문을 어딘지 아쉬운 듯이 쳐다보고 있었다.

"재미있는 사람이지?"

로렌스가 걷기 시작하자, 콜은 정신이 들었는지 허둥지둥 뒤따라온다.

"어…. 예에…."

"하지만 이 상처는 저 사람한테 당한 거다."

콜의 특제 연고를 바른 오른뺨을 가리키며 말하자, 한동안 무슨 뜻인지 이해하지 못했는지 로렌스를 물끄러미 쳐다보았다.

마침내 말뜻이 머리에 전달되자, 설마 하는 얼굴로 저택을 뒤돌아본다.

"말싸움이 났었거든. 도끼 자루에 냅다 얻어맞았지."

"…그러… 셨어요?"

"뜻밖의 일면도 있는가 본데, 그러니 더더욱 방심해서는 안 돼. 머리에 두른 저 두건 밑으로 미모를 감추고 있는 것처럼, 그 미모

밑에는 또 무서운 것이 감춰져 있어."

콜의 눈썹이 약간 바르르 떨린 것은, 그런 소리를 들어 봐야 지금은 딱 와 닿지 않기 때문일까.

"어젯밤 호로가 난리 치던 거 봤지? 실제로 나는 에이브에게 죽을 뻔했거든."

"엇!"

콜은 소리를 내며 놀랐다.

하기야 처음 만난 자리에서 그렇게 상냥한 면을 보여주면, 설마 하니 에이브가 웬만한 도적 저리 가라의 배짱과 냉철함을 갖고 있으리라고는 상상이 가지 않을 수도 있다.

로렌스는 그저 '사람은 다양한 면을 갖고 있으니 조심하라'는 뜻으로 한 이야기였는데, 콜은 심각한 표정을 지은 채 입을 다물어 버렸다.

솔직한 성격이니 남을 의심하는 데에는 저항감이 들었는지도 모른다.

그런 생각을 하고 있는데, 문득 고개를 든 콜이 아주 난처한 얼굴을 하고 있어서 로렌스는 무심코 묻고 말았다.

"왜 그러냐?"

아무래도 콜은 이런 면이 많은 것 같다.

머리는 좋아도 얼굴 밖으로 나오는 표정과 입에서 나오는 말을 자유자재로 조절할 수 없어서는 좋은 상인이 될 수 없다.

그 대신, 좋은 성직자는 될 수 있을 테니 문제가 안 될지 모르겠지만.

"여, 역시 세상을 살아가려면 그 정도는 되어야 하는 거군요…."

콜은 그런 말을 한 뒤 왠지 분한 듯이 고개를 숙였다.

그것도 스스로를 책망하는 듯이. 마치 자신의 노력이 부족했다고 한탄하는, 창던지기 시합에 나선 젊은 기사처럼.

하지만 로렌스는 콜이 왜 그런 표정을 짓는지 알 수가 없었다.

에이브에게 죽을 뻔한 것과, 세상을 살아가는 것이 무슨 상관이 있는 것인지.

죽을 뻔하면서도 살아남기 위한 방법을 익혀야만 한다는 뜻인가?

로렌스는 그런 생각을 이리저리 했는데, 콜이 뒷말을 잇는 바람에 일단은 들어보기로 했다.

"저는 물론 교회의 가르침을 곧이곧대로 받아들이는 것은 아니고, 그러니까 그, 우리 마을에도 그런 일은 가끔 있었습니다…. 일의 한 면만을 봐서는 안 된다고 생각할 때도 분명히 있고, 세상이란 것은… 제가 이런 말을 하긴 좀 그렇지만, 그리 녹록한 것이 아니란 것을 알았습니다. 그렇지만…."

콜은 걸으면서 거의 발밑만 쳐다보며 이야기하고 있었다.

그에 비해 로렌스는 화창한 하늘을 바라보며 걸었다.

그 정도로 콜이 무슨 말을 하고 있는 것인지 알 수가 없었다.

"저기 말이다."

그래서 로렌스가 그렇게 말문을 열자, 콜이 느닷없이 고개를 들었다.

"아, 아니요! 꼭 선생님이 잘못했다고 생각하는 건 아닙니다!"

그러면서 어쩔 줄 몰라 하는 모습에 로렌스는 눈이 휘둥그레지고 말았다.

"…어? 나는 그저 네가 무슨 말을 하는지 알 수가 없어서 그걸 물어보려 했던 것뿐인데."

그 말에 콜은 순간 표정이 사라지더니 돌연 얼굴이 새빨개져서 고개를 푹 숙였다.

로렌스는 자신의 머리에 손을 얹은 채 "응?" 하며 고개를 갸웃거려 본다.

잘 모르겠다.

모르겠지만, 콜 자신도 왠지 그 점은 더 이상 말하고 싶어 하지 않는 것 같아 화제를 돌리기로 했다.

"일단은 진 상회에 가기 전에 숙소로 돌아가 볼까?"

로렌스의 말에 콜은 말없이 고개를 끄덕였다.

"그렇게 됐는데."

몸을 모포 밖으로 내놓았다가는 연고 냄새가 피어올라 코가 문드러질 거라면서 호로는 모포 속에 파묻힌 채 머리만 내밀었다.

"그랬어?"

"왜 그런지 넌 알겠어?"

로렌스와 콜이 방으로 들어서자, 선잠을 자고 있던 모양인 호로는 이내 눈을 떴다. 그런 뒤 평소처럼 몸을 일으키다가 '어라?' 하는 표정을 짓더니 목을 틀어 본다. 뭔가 위화감이 드는 투였는데,

로렌스는 그 이유를 이내 깨달았다.

아침에는 제대로 일어나지도 못했는데 지금은 그것을 깜박할 만큼 아픔이 덜한 모양이었다.

"효과가 대단한 약이네."

호로도 감탄한 듯 한마디 한다.

그런 까닭에 진 상회에는 호로도 데려가기로 했다.

하지만 이대로 바로 가자고는 할 수 없는 노릇이다. 냄새가 너무 심해서 로렌스와 더불어 더운물로 연고를 씻어내야만 했다.

이야기의 주인공이 된 콜은 그 더운물을 가지러 1층에 가 있다.

"하기야 당신은 모르기도 하겠지. 푸줏간에서 생선을 찾는 격이니까."

호로는 베개 위에서 늘어지게 하품을 한 뒤 그렇게 말했다.

호로가 그런 식으로 말을 할 때는 그런 쪽 이야기일 때뿐이다.

또 바보 취급을 당하는 건가 싶어 한숨이 나오려 했으나, 새삼스레 허영을 부릴 것도 없으니 얼른 항복을 하기로 했다.

"난 내가 둔하다는 걸 이젠 확실히 인정해. 하지만 그걸 깨달았다고 해서 별안간 눈이 뜨일 리도 없지. 여전히 모르는 건 몰라."

로렌스가 깨끗이 백기를 들자 호로는 눈가에 눈물을 매단 채 놀란 눈을 했다.

"왜?"

로렌스가 묻자 호로의 얼굴에 쓴웃음이 확 번졌다.

"흠. 어쩌면 난 의외로 착한지도 몰라."

귀가 한쪽만 쫑긋거린다.

"무슨 뜻이야?"

"그렇게까지 비굴하게 나오면 아무리 나라도 당신 꼴불견을 비웃을 수가 없네."

"……."

뭐라 대답해야 좋을지, 두통과도 비슷한 것이 일어나 이마를 누르자 호로는 그것으로 만족했나 보다.

이를 드러내며 씨익 하더니 그제야 평소의 짓궂은 웃음을 지었다.

"하기야 사건의 진상을 아는 당신 입장에서 보면 다른 선택을 하긴 어려웠겠지. 당신과 그 여우에게 무슨 일이 있었는지, 곁에서 보면 어떻게 상상이 될지 정말 모르겠어?"

그러면서 짓궂게 웃고 있다는 것은 그 말이 해결의 단서가 된다는 뜻이다. 저렇게 나오면, 사람이 처한 상황을 정확히 이해한 위에 이익을 끌어내려 하는 상인이라면 도전을 받아들이지 않을 수 없다.

무엇보다 해결 방법은 제시되어 있다.

로렌스는 콜의 입장에 서서 자신과 에이브를 생각해 본다.

도끼 자루로 맞았고, 목숨이 위태로울 뻔했으며, 호로는 그런 에이브를 앞에 두고 엄청나게 험악한 분위기였는데, 그 이야기를 듣자마자 콜은 난감해 하는 정도를 넘어서 얼굴이 새빨개져서는 부끄러워했다….

"아."

로렌스는 한 가지 가능성을 깨달았다. 쓴물이 입 안에 확 퍼진다.

그러나 그 쓴맛은 뭐랄까, 맥주의 맛과 비슷하다.

피식 웃음이 나오는 그런 쓴맛이다.

"큭큭. 당신 참 팔자도 좋아?"

호로가 즐겁게 웃는다.

그것은 콜이 한 착각이 완전히 어긋나 있다는 것을 알기 때문에 짓는 웃음이다.

로렌스는 또다시 이마에 손을 얹으며 한숨을 지었다. 세상에 이런 착각이 있을 수 있나. 아니, 설마하니 자신이 그런 오해를 받는 날이 올 줄이야 싶어 거의 자조적인 기분으로 웃는 수밖에 없었다.

"내가 에이브와 바람을 피우는 바람에 다투다가 벌어진 치정 싸움이라. 전혀 상상도 못 했어. 그래서 콜은 내가 잘못했다고 생각하는 건 아니라느니 어쩌니 했던 건가…."

호로와 바람을 피워서— 라고 대답해 보고 싶기도 했으나, 그랬다가는 틀림없이 목숨이 왔다 갔다 할 농담이 되고 말 것이다.

"그 여우는 암컷이고 나도 암컷, 그리고 당신은 수컷이잖아. 그런데 서로 치고받는 소동이 벌어졌다면 답은 한 가지밖에 더 있겠어? 따지고 보면, 당신이 번쩍번쩍 빛나는 것 때문에 일대 소동을 벌였다는 진실이 더 이상한 거지. 그 금빛 화폐 60냥이 내 값어치지? 하여간 인간세상은 알 수가 없다니까."

그러면서 어이없어 하는데, 바로 그것 때문에 죽을 둥 살 둥한 자신을 떠올리면 로렌스는 마음이 영 편치 않다.

그러나 상대는 요이츠의 현랑 호로다.

거기까지 다 꿰뚫어 보고 있었나 보다.

"하지만 당신의 행동이 제일 이해가 안 갔어. 날 데리러 오다니, 하여간 멍청하기는."

낯이 간지러운지 호로는 베개에 얼굴을 묻으며 말했다.

그러면서도 결코 눈은 로렌스에게서 떼지 않는다.

그런 말과 함께 저런 몸짓을 해 오면, 화를 낼 수도 얼굴을 돌릴 수도 없다.

로렌스는 '졌습니다' 하는 점을 한층 강조해 어깨를 으쓱하며 호로의 뺨을 살며시 쓰다듬었다.

"그게 다야?"

한쪽 눈을 감은 채 기쁜 듯이 귀를 쫑긋 대며 호로가 손 밑에서 조그맣게 말했다.

농담해? 하며 방어 자세를 취하려다가, 그랬다가는 호로가 버럭 화를 내겠지 싶었다.

그럼에도 로렌스는 아무도 없을 터인 방 안을 슬쩍 둘러보았다.

그만 심호흡을 하고 만다.

그리고 레노스에서 그랬듯이 호로에게 서서히 얼굴을 가져갔다.

단, 레노스와 크게 다른 점이 있다면, 호로의 눈썹 개수까지 셀 수 있을 만큼 얼굴을 갖다 댄 순간, 문을 노크하는 소리에 펄쩍 뛰듯 놀란 것이다.

"물 가져왔습니다."

하는 콜의 목소리가 방 안을 울렸다.

문을 연 뒤 등으로 밀면서 대야를 들여온다. 무게도 상당할 테고, 모락모락 김이 피어오르는 덕분에 얼굴에 물방울이 송알송알 맺혀 있다. 그래도 호로와 로렌스를 위해 혼자서 끙끙대며 들고 온 게 틀림없다.

대체 어떤 이유라면 저런 콜에게 화를 낼 수 있을 것인가.

로렌스는 침대 옆에 선 채로 "수고했다."하며 태연한 얼굴로 대답했다.

그러나 등에는 식은땀이 흥건하다.

노크 소리가 들린 순간, 호로가 지은 짓궂은 얼굴.

귀를 쫑긋 댔던 것은 콜의 발소리가 들리고 있었기 때문이리라.

"왜 그러십니까?"

완전히 태연한 얼굴이라도 분위기까지 그렇게 단숨에 바꾸지는 못하는 법이다.

콜이 조금 의아한 표정을 지었으나, 로렌스는 시치미를 뚝 뗐다.

뒤에서는 호로가 베개 위에서 싱글거리고 있을 것이다.

그래도 가장 화가 나는 것은 호로가 이런 함정을 파 놓고 로렌스가 당황하는 모습을 보며 즐겨서가 아니다.

로렌스는 얼굴이 가려운 척하며 왼쪽 뺨을 가볍게 쓰다듬었다.

"상당히 뜨거운 물을 받아 왔는데, 너무 뜨겁다 싶으면 물을 얻어 오겠습니다."

대야를 내려놓고 수건 두 개를 담그더니 콜은 그렇게 말했다.

이렇게 세심한 소년이 제자라면 여행이 얼마나 편할 것인가.

"알았다. 고마워."

"아니요. 제가 떼를 써서 여행을 함께하게 되었는데요. 이 정도는 해야지요."

아무런 꿍꿍이 없는 저런 웃음을 보면, 저녁밥을 먹을 때 한 가지쯤은 콜이 좋아하는 것을 곁들여 줘도 괜찮지 않을까 하는 생각이 든다.

만약 호로가 저랬다면, 그야말로 로렌스는 한 달도 채 지나지 않아 파산하고 말 것이다.

"그럼 난 빨리 물로 씻어 볼까. 이 연고는 믿어지지 않을 만큼 잘 듣지만 내 코에는 좀 견디기가 괴롭거든."

침대에서 내려오면서 호로가 하는 말에 콜이 약간 어리둥절해한다.

역시 콜한테는 이 연고의 냄새가 지독하다는 느낌이 전혀 없는 것이리라.

"음. 따뜻해서 좋군. 미지근해지기 전에 어서 닦도록 할까."

호로가 대야 속에 손을 넣고 빙글빙글 돌린다. 김이 뭉게뭉게 피어오르고 있긴 하지만 방 안이 추운 탓에 보기보다 뜨겁지는 않은가 보다.

"아아, 그래야지. 까딱하면 감기 걸리기 쉬워."

로렌스가 그렇게 말하자, 호로는 수건을 하나 건져서 짠 뒤 로렌스에게 툭 던졌다.

받아들자 뜨듯하다. 호로 말대로 어서 닦는 게 나을 것 같다.

로렌스는 그런 생각을 하면서 오른쪽 뺨에 붙어 있는 천을 떼려다가 문득 눈길이 갔다.

조금 떨어진 곳에서 콜이 어색한 듯이 고개를 숙이고 있는 것이다.

"왜 그래?"

하며 물을 새도 없이, 뭔가 결심을 하기라도 한 것처럼 콜이 먼저 말문을 열었다.

"저, 저기, 저는 바깥에 나가 있겠습니다."

그러면서 하는 말끝에 묘하게 긴장된 웃음이 달려 있다.

명백하게 뭔가를 배려하는 몸짓.

더욱이, 복도로 나가다가 역시 묘한 눈으로 이쪽을 쳐다보았다. 몹시 진지한 얼굴. 중요한 비밀을 수행하는 밀사와 같은 얼굴이다. 콜이 무슨 생각을 하고 있는지 이제는 로렌스도 알고도 남는다.

탕 하고 닫힌 문에서 호로 쪽으로 시선을 돌리자, 호로는 심각한 표정으로 수건을 짜고 있는 참이었다.

"저러는 걸 보면 여우랑 나눈 대화가 어지간히 화기애애했던 모양이지?"

표정이 심각했던 것은 이런 이유에서.

로렌스와 에이브가 치정 싸움을 했다고 콜이 착각을 했다면, 적어도 콜의 눈에는 로렌스와 에이브의 사이가 좋아 보였기 때문인 것이다.

하지만 정면으로 맞섰다가는 질 것이 뻔하다는 것을 로렌스도 안다.

"콜의 표정은 '비밀은 절대 지키겠습니다' 하는 식이었으니까."

호로는 고개를 들더니 배시시 웃었다.

"음크크크. 날 쳐다보던 눈빛은 굉장히 미안한 눈빛이던걸?"

그러면서 호로는 무릎을 딱 모아 쭈그려 앉더니 턱을 받친다.

"당신도 저 정도라면 훨씬 더 귀여울 텐데."

로렌스는 그 말에 이내 대답을 하지 않은 채 오른쪽 뺨에 붙은 천을 떼어냈다.

뺨을 슬쩍 만져 보자 부기가 상당히 빠져 있고, 통증도 거의 느껴지지 않았다.

이렇게 효능이 있다면 이 약으로 한몫 잡을 수도 있겠다.

그런 생각이 들 만큼 아주 잘 들었다.

"자고로 붉은 것 옆에 가면 흰 것도 붉어진다고 했어. 네 옆에 있으면 나는 귀염성이 점점 사라진다고."

수건으로 뺨을 벅벅 닦는다. 더운물에 적신 수건으로 얼굴을 닦는 것은 뭐라 표현할 수 없을 만큼 기분이 좋다.

호로도 로렌스의 곁에 서서 물을 짠 수건으로 목덜미를 닦더니 귀를 쫑긋거린다.

그리고 한바탕 닦아낸 수건을 보고는 묻어나온 색깔에 약간 놀란 표정을 지었다.

"하기는, 붉은 것 옆에 가면 흰 것도 붉어진다는 건 맞는 말인 것 같아. 당신 얼굴이 늘 새빨갛잖아."

로렌스는 연고가 묻지 않은 부분으로 한 번 더 얼굴을 닦은 뒤

상쾌한 기분으로 호로를 쳐다보았다.

"요즘엔 그렇지도 않잖아?"

"누가 그래?"

호로가 어이없다는 투로 말하는 바람에, 그게 도전이라는 것을 알면서도 로렌스는 약간 울컥했다.

그러나 그 직후 호로의 입술이 치켜 올라가는 것을 보고는 자신이 함정에 걸려들었다는 것을 깨달았다.

"아니라고? 그럼, 저 꼬마가 모처럼 마음을 써줬으니."

하며 호로는 대야에 수건을 담갔다 짜낸 뒤 자리에서 일어섰다.

그리고 수건을 로렌스에게 던지자마자 윗옷을 훌훌 벗어 던졌다.

허를 찔려 그만 가슴이 뜨끔하고 만다.

호로는 그런 로렌스에게 등을 돌린 채 허리에 손을 얹더니, 교태를 부리며 이렇게 말했다.

"등 좀 닦아 줄래?"

호로의 입장에서는 알몸을 내보이는 게 아무렇지 않아도, 로렌스는 그렇지 않다는 것을 잘 알면서 저러니 문제다.

사람이 애써 신사도를 고수하고 있건만, 그 점을 파고들다니 언어도단.

로렌스는 순간 동요한 것에 그런 변명을 붙여 수건을 뭉친 뒤, 잠자코 호로를 향해 어린애처럼 내던진 것이었다.

콜이 지어온 약은 역시 기적이 아닌가 싶을 만큼 효능이 있었다.

호로는 아직 행동에 어색함이 남아 있긴 했으나, 연고를 바른 시간이 그리 길지 않았던 것을 참작하면 믿기지 않는 효과였으리라.

로렌스의 얼굴에 난 상처도 거의 부기가 빠져 있었다.

다만, "당신은 어때?"하며 호로가 손을 뻗어왔다가는 돌연 꼬집은 낮에 붉은 기는 디소 늘어났을 것도 같다.

눈에서 불이 나는 게 아닌가 했을 정도였으나, 그런 짓궂은 짓을 하면서도 호로의 표정이 불만스럽게 화를 내고 있었기 때문에 반격은 하지 않았다.

수건을 뭉쳐 던진 것이 상당히 마음에 들지 않았던 모양이다.

화를 내는 모습이 아무래도 연기 같지는 않은 것을 보면, 어쩌면 정말로 닦아 주길 바랐는지도 모른다.

그렇게 생각하니 잘못이 자신에게 있는 것만 같아 로렌스는 뭐라 형용할 수 없는 기분이 들었다.

"지금부터 찾아가는 그 상회가 멍청한 짓을 꾸미고 있는 거였어?"

일단은 알기 쉬운 길로 나가기 위해 강변의 시장 쪽으로 걸어간다. 시장에는 노점상들이 반드시 있게 마련이니 뭔가 사 달라고 졸라댈 것은 물론 각오한 바였다.

그러나 호로가 코를 킁킁대자마자 첫 번째 노점상으로 쏜살같이 달려갈 줄은 생각지 못했다.

가벼운 두통과도 비슷한 것을 느끼며 호로를 눈으로 좇으니, 그 앞에 있는 것은 달군 돌 위에서 부걱부걱 거품을 뿜으며 화형에 처해지고 있는 고둥이었다.

　"그런 짓을 꾸미고 있는지 어떤지는 지금부터 확인해 볼 참이지만, 에이브의 이야기에 따르면 꾸미고 있었을 가능성이 높은 것 같아."

　호로는 이야기를 듣는 둥 마는 둥, 눈을 반짝이며 무언의 재촉.

　안 된다고 해봐야 들을 리가 없을 테니 괜한 수고는 하지 않기로 했다.

　칼로 꼬치를 깎고 있던 노점 주인에게 거무튀튀한 동화를 한 냥 건네자, 막 깎은 꼬치로 고둥 속에서 능숙하게 살을 빼내더니 순식간에 세 개를 꿰어 준다.

　그리고 그렇게 만든 것을 3인분.

　의외로 싸다 싶었는데, 고둥의 매력적인 맛을 더해 주는 소금 값을 따로 받았다.

　로렌스는 빈틈없는 주인에게 웃음으로 한마디 한 뒤, 진 상회의 위치를 물었다.

　정보를 들어서라도 본전을 찾아야 한다.

　"가서 이야기를 듣는 건가요?"

　고둥을 받아들고 감사 인사를 한 것은 콜뿐이다.

　물론 에이브와의 관계에 대한 오해는 이미 풀렸다.

　"그건 에이브가 말한 대로 내 재량에 달렸겠지."

　"도움이 안 되겠군."

호로에게 놀림을 당했으나, 콜이 난처한 듯이 웃고 있어서 로렌스는 그냥 광대가 되기로 했다.

"그건 그렇고, 아무리 그래도 같은 도시가 이렇게 다를 수 있는 거야?"

강 건너를 바라보면서 호로가 말했다.

롬강의 하구에 위치한 항구도시 케르베는 강을 사이에 두고 강북과 강남으로 나뉜다. 그 중에서도 로렌스 일행이 잡은 숙소는 강북 쪽에 있었다.

시장을 비롯해 그럴 듯한 건물들은 역시 강변에 집중되어 있는지, 과연 이 부근은 꽤 번화했으나 그것도 숙소 주변에 비해서 그렇다는 뜻일 뿐이다.

강변의 대로에서 조금만 더 가면 자갈이 눈에 띄는 강기슭이 나온다. 하구인 만큼 기슭이 꽤 넓고 물은 상당히 멀리 있었다. 시선을 오른쪽으로 돌리면 그 끝이 바다로 이어지면서 로렌스의 코로도 바다냄새를 맡을 수가 있었다. 강 저편에는 남쪽 시가지가 있고, 그 앞에는 거대한 삼각주 위에 구축된 항구도시 케르베에서 가장 큰 시장이 있었다.

세 개로 갈라진 도시 안에서 어느 지역이 가장 번화한가 하면, 그것은 말할 것도 없이 삼각주. 그렇다면 그럴 듯한 건물이 줄줄이 서 있는 곳은 어디냐 하면 그건 강남의 거리.

로렌스 일행이 서 있는 강북 쪽은 역시 어딘지 모르게 인상이 우중충하다.

강남 쪽의 강기슭에 정박해 있는 배들의 숫자며 시장에 쌓여 있는 상품의 수만 해도, 꽤 거리가 떨어져 있어 부옇게 보이긴 했지만, 그래도 강 저편 기슭에 있는 것이 훨씬 많은 것 같았다.

한 도시 내에서도 장소에 따라 분위기가 전혀 다른 경우는 종종 있다. 강을 사이에 두고 이렇게 나뉘어 있다 보면 그야말로 다른 도시나 진배없는지도 모른다.

"저쪽으로 건너가면 로엔 상업조합의 상관이 있을 거야."

"당신 고향 출신의 상인들이 모이는 곳이었던가?"

"그렇지. 하지만 그 별관 같은 것이 삼각주에도 있어서 강남의 본관에는 가 본 적이 없어."

로렌스가 손가락으로 가리킨 것은 강이 바다로 흘러들어가는 곳에 있는 삼각주의 도시.

도시라는 표현이 정확한 건지 어떤지 모르겠지만, 상인의 입장에서 보면 그곳은 완전한 하나의 도시였다.

지금 여기에서만 봐도 바닷바람에 노출돼 회색빛이 도는 알록달록한 이삼 층 건물들이 잡다하게 난립해 있는 것을 알 수 있다.

바람의 상태에 따라서는 떠들썩한 소리까지 바람결에 실려 들려올 것만 같은 느낌이다.

호로가 후드를 벗고 듣는다면 거기에서 어떤 소란이 일어나고 있는지 알 수 있을지도 모르겠다.

"저쪽이 번화한 것 같은데. 안 가 볼 거야?"

"먹을 걸 노리는 거지?"

로렌스가 그렇게 말하자 호로는 어린애처럼 부루퉁한 얼굴을 했다.

어차피 나중에 데려가 줄 것을 확신하면서 일부러 하는 몸짓이다.

로렌스는 알았다는 듯이 어깨를 으쓱하고는 걸음을 떼려다가 문득 멈춰 섰다.

아까부터 조용했던 콜이 고둥을 먹는 것조차 잊은 채 삼각주 쪽을 쳐다보고 있었기 때문이다.

"뭐 해?"

그러자 콜은 튕기듯이 돌아보았다.

"앗… 아니요, 아무것도—."

"아무것도?"

호로는 그러면서 콜의 손에서 꼬치를 빼앗아 두 개 남은 고둥 중에서 한 개를 먹어 버렸다.

"거짓말이 서툰 벌이야."

그러더니 남은 한 개에까지 이를 세운 자세로 콜을 쳐다본다.

"무슨 할 말 없어?"

새끼에게 가혹한 시련을 주는 짐승들이 많다고 들었는데, 늑대도 그런가 보다.

문득 그런 생각이 들었다.

하지만 뭘 조를 때 솔직하지 못한 것은 호로 역시 마찬가지다.

만난 지 얼마 안 돼 들른 도시에서 호로가 사과를 사 달라는 말을 비비 꼬아가며 했던 것을 지금도 똑똑히 기억하고 있다. 이제는 그런 모습이 싹 사라졌으나, 콜에게 다짜고짜 저러는 것은 예전의 자신이 약간 생각나서 그럴 수도 있었다.

"저… 저기."

콜은 나이는 어리지만 그래도 소년이었다.

"삼각주에 가 보고 싶습니다."

호로와는 달리 로렌스를 야무지게 쳐다보면서 말하니 훌륭한 것이다.

로렌스는 호로의 손에서 꼬치를 빼앗아 콜에게 건네주었다.

이어서 "너보다 낫다."고 말했다가 다리를 걷어차였다.

"너는 내 제자가 아니야. 그러니까 네가 우리한테 연고를 지어 준 데 대한 사례를 분명히 하마. 그러니까 마음 단단히 먹고 뻔뻔스럽게 행동하도록 해."

묘한 말이지만 콜에게는 그런 표현이 딱이리라.

타고난 솔직함과 성격 탓에서인지 그냥 놔뒀다가는 제자보다도 더 제자다워질 것 같다.

세상에는 좋은 사람만 있는 게 아니라는 것을 아는 만큼, 그런 콜을 보고 있노라면 걱정이 된다. 속이자고 들면 얼마든지 속일 수 있을 것 같으니.

"…알겠습니다."

콜은 난처하게 웃으면서 대답했다.

로렌스와 호로가 걱정한다는 것도 이해하면서 그렇게 대답한 것이리라.

우스갯소리로 자주 듣는 이야기다.

마음이 너그러운 주인이 순종적이고 성실한 노예에게 자유를 주면서, 오늘부터 너는 아무도 받들지 말고 자유롭게 살라고 말한다. 그러자 노예는 그 후 주인의 명을 굳게 지키면서 죽을 때까지 아무도 받들지 않은 채 살았다.

끝까지 주인의 명을 지킨 그 노예는 과연 정말로 자유로웠던 것일까?

어쩌면 콜이 난처하게 웃은 것은 자신이 바로 그 우스갯소리의 노예와 마찬가지라는 생각이 들어서였을 수도 있다.

"단, 그렇게 말을 해놓고 이러는 건 좀 그렇다만, 지금 당장 가지는 못한다. 상이오. 바쁜 몸이라 볼일을 먼저 끝내지 않으면 마음이 영 불안하거든."

"예. 하지만…"

콜은 대답을 하더니 곧이어 수줍은 듯이 머리를 긁적였다.

"즐거운 마음으로 기다리겠습니다."

만약 호로가 이런 식으로 솔직하다면, 하는 생각이 들었으나 호로 쪽을 쳐다보지는 않았다.

웃고 있으되 웃고 있지 않은 호로의 얼굴이 시야 한쪽 구석으로 똑똑히 보였으므로.

"이곳에 오는 것은 세 번째지만, 사실은 한 번도 삼각주에 가 본 적이 없었거든요."

"통행료를 내야 해서?"

고개를 끄덕인다.

삼각주로 들어가는 통행료를 낼 돈도 없으면서 콜이 어떻게 롬 강은 건넜는지 묻고 싶을 정도다.

묘한 데서 심지가 굳은 콜이니, 아마도 옷을 머리에 묶은 채 차가운 강물을 헤엄쳐서 건넜으리라.

"나는 강남 쪽에 가 본 적이 없는데, 그쪽은 어떠냐?"

셋이서 나란히 걷기 시작하면서 콜이 남은 고둥을 다 먹고 나자 로렌스는 그렇게 물었다.

"강남이… 거리는 더 예뻐요."

다소 뜸을 들인 것은 주위를 조금 살폈기 때문이고, 말하는 목소리도 작았다.

강변만 봐도 역시 강북과 강남은 확연히 차이가 난다.

강북은 이교도 땅에서 온 사람들이 많고, 강남은 남쪽에서 온 상인들이며 정교도들이 많은 점도 관련이 있을 수 있다.

상인들 중에도 남쪽에서 온 상인들이 부자인 경우가 압도적으로 많고, 또한 돈은 돈이 있는 곳에 더 많이 모이게끔 돼 있다.

"하지만 적선을 잘해 주는 건 이쪽이에요."

"호오. 강북 쪽에는 북쪽 지방 출신들이 많다고 들었는데, 그래서 그런 건가?"

"그런 것 같아요. 로에프 출신들도 많고. 하지만 꼭 그런 게 아니더라도 이쪽 사람들이 더 친절한 것 같아요."

로렌스는 콧등을 긁으며 잠시 대답을 생각해 본다.

강북과 강남의 대립은 사람과 늑대의 사이만큼 미묘한 것이다.

"기후가 혹독한 곳에서는 사람들의 마음이 온화해지기 때문인가?"

로렌스가 그렇게 대답하자 콜은 웃는 얼굴로 고개를 크게 끄덕였다.

필요하다면 교회 법학을 공부하기 위해 남쪽 지방으로 혼자 길을 떠나는 유연한 발상을 할 줄 아는 콜이라 해도, 남쪽 지방 사람들에 비해 북쪽 지방 사람들이 칭찬을 받으면 마냥 기쁜 것이다.

로렌스는 그것을 새삼 실감하면서, 어째서 이 도시에서 가장 큰 시장이자 무역의 중심지가 삼각주에 있는지를 알 것 같은 기분이 들었다.

저곳은 북과 남의 완충지대.

또는 중립의 장소인지도 모른다.

"하지만."

로렌스가 걸어가며 눈길을 삼각주 쪽으로 돌리자, 콜이 말을 던져왔다.

"남쪽 사람들은 늘 즐거워 보여요."

자신이 골똘해 하고 있으니 콜이 마음을 써 준 것이다.

로렌스는 약간 놀라는 한편, 얼굴에 서서히 웃음이 번졌다.

"따뜻하면 술을 빚기 쉬우니까."

"아, 그렇군요."

몇 년만 지나면 콜은 꽤 상큼한 청년이 될 것이 틀림없다.

로렌스는 그런 안이한 예상을 부정할 수가 없었다.

그리고 호로 또한 그렇게 생각하고 있을 것이다.

생글생글 웃으면서 콜의 손을 잡고 걸어가고 있는 것은, 어쩌면 장래를 내다본 투자 활동인지도 모른다.

농담인지 질투인지 모를 그런 낯간지러운 생각을 하고 있노라니, 호로가 후드 밑으로 이쪽을 슬쩍 쳐다보았다.

멍청히 굴었다가는 정말로 갈아탈 거야, 하는 짓궂은 웃음이 섞인 눈빛이다.

로렌스는 턱수염을 쓰다듬은 뒤 살짝 한숨을 지었다.

하마터면 이런 말이 나올 뻔해서 허겁지겁 되삼키는 대신 지은 한숨이다.

일단 잡힌 물고기에게는 먹이를 주지 않을 작정이었는데.

호로에게 그렇게 쏘아 주고 싶었으나 그만두었다.

그런 소리를 했다가는 그야말로 콜에게 질 수도 있겠다 싶었기 때문이다.

나이 차이가 열 살도 넘게 나는 소년을 상대로 별 생각을 다한다 싶어, 로렌스는 찬 공기를 한껏 들이마신 뒤 혼자서 말없이 웃었다.

제 2 막

로 에프라 불리는 산간지방에서 흘러나온 로에프강이 유입되는 롬강과, 그 롬강이 흘러드는 윈필 해협.

로에프강의 최상류에는 광산도시 레스코가, 로에프강과 롬강의 합류점에는 레노스가, 그리고 바다와 강의 경계에는 항구도시 케르베가 있다.

그런 흐름의 최말단에 위치한 케르베에 있으면서, 상류에서 운반되어 온 동제품에 대한 거래를 일임하고 있는 상회라면 나름대로 규모가 있을 게 틀림없다.

그런 선입견과 함께 일종의 의욕에 불타고 있었기 때문이었는지도 모른다.

막상 진 상회의 앞에 도착하자 약간 김이 새고 만 것은.

"여기야?"

호로도 뭔가 헛물을 켠 듯한 얼굴을 하고 있다.

'불면 날아갈 것 같은 가게잖아?' 하는 표정인 것은, 실제로 수틀리면 늑대 모습으로 돌아가 점포를 통째로 부숴 버리겠다는 생각을 했기 때문일 수도 있다.

직사각형의 철판을 두드려 진 상회라고 새긴 간판이 처마 밑에 달려 있고, 대로에 면해 하역장이 자리하고 있다. 일단은 상품이 높다랗게 쌓여 있었다.

그러나 거기에 짐을 진 채 매여 있는 것은, 제아무리 눈 깊은 산중에서도 전혀 겁먹지 않고 돌진하는 털이 긴 말도 아니거니와, 아담한 마을이라면 전체 세대의 가재도구를 한 번에 옮길 수 있을 만큼 거대한 짐마차도 아니다.

78

문간에는 겨울철의 사료용인지 귀리다발을 등에 진 여윈 노새
가 출발을 기다리며 한가로이 하품을 하고 있었다.

상회라는 이름이 붙은 것만으로도 돈과 권력이 있는 줄 아는 모
양인 콜만이 그런 느긋한 분위기의 진 상회를 앞에 두고 바야흐로
싸움에 임하는 표정을 짓고 있었다.

"어떻게들 오셨소?"

하역장 안쪽에 있는 계산대에서 뭔가를 쓰고 있던 약간 뚱뚱한
초로의 남자가 문간에 서 있는 로렌스 일행을 알아채자 고개를 들
었다. 상회 안에는 남자 외에는 아무도 없이, 대충 풀어놓은 닭이
바닥에 떨어진 이삭을 쪼아 먹고 있을 정도였다.

"물건을 살 거라면 대환영. 단, 뭔가를 팔러 온 것이라면… 헛걸
음을 한 것일 수도 있소."

의자에서 일어서려고도 하지 않은 채, 약간 늘어진 뺨을 당겨
올리며 자조하는 듯이 웃는 모습이 너무도 피곤한 인상을 준다.

호로는 그 모습에 사정없이 불만스러운 시선을 로렌스에게 보
내왔다.

자신의 동료인지도 모를 늑대의 뼈를, 어처구니없는 목적을 위
해 금전으로 매매하려는 무리들의 한 축인 진 상회.

그들은 으르렁대며 증오해야 할 상대다. 그리고 그토록 증오스
러운 상대인 만큼 증오에 걸맞은 강대한 상회여야만 한다는 투였
다.

콜만이 변함없이, 어딘지 모르게 지쳐 보이는 남자의 모습을
'위엄'으로 착각한 모양이었다.

그러나― 상회의 규모와 그 안에 있는 사람의 질이 늘 비례하는 것은 아니다.

뱀굴에 손을 찔러 넣었더니 용이 나왔더라 하는 이야기는 얼마든지 있다.

"그렇게 경기가 좋지 않습니까?"

로렌스는 남자의 말에 대답한 뒤 하역장 안으로 한 걸음 발을 들여놓았다.

필시 이곳을 거쳐 간 대량의 귀리의 잔여물이겠지만, 다발이 바닥에 흩어져 있는 모습은 왠지 시골 마을의 문 앞을 떠올리게 한다. 상회답게 이런저런 상품들이 놓여 있긴 하나, 딱히 눈에 들어오지 않는 것들뿐이었다.

"우후. 남쪽에서 온 상인이신가? 남쪽은 경기가 좋소?"

구석 쪽에 병구(兵具)가 쌓여 있었다.

장기간 재고로 방치된 상태인 듯한데, 병구류를 팔려다가 실패를 본 입장에서는 약간 위안이 된다.

"좋기도 하고, 나쁘기도 하고 그렇죠."

"여기는 나쁘거든. 최악으로."

졌다는 투로 두 팔을 쳐들면서 남자는 그렇게 말했다.

로렌스에 이어 호로와 콜도 하역장 안으로 들어와 이곳저곳을 두리번대며 둘러보고 있었다.

호로가 문득 바닥에 쌓여 있던 귀리다발을 발로 쓱 들어 올리자, 그 밑에서 달걀이 나왔다.

"이런. 그런 데에도 알이 있었나. 사방팔방에 알을 낳아 놓으니 찾아낼 수가 있어야 말이지. 나중에 주워야겠군…. 올해는 이 지역 닭들의 숫자도 팍 줄어서 조용하기 짝이 없다오. 매년 이맘때쯤 되면 수탉과 암탉들이 야단법석을 떨었었는데."

"북방대원정이 중지된 탓이지요?"

"그렇지. 사람이 안 오니 돈도 안 따라오고, 움직이지 않으면 배도 고프지 않지. 그러니 농작물 가격은 폭락하고 각종 통을 비롯한 가공품, 거기다가 매년 날개 돋친 듯 팔리던 병구류까지 안 팔리는 상황이거든. 술값만 치솟을 대로 치솟고 있지."

"흠?"

호로가 의아해하는 소리를 냈다.

퉁퉁한 남자가 계산대 너머에서 어깨를 으쓱한다.

"할 일이 없으면 술이나 마시는 수밖에 더 있겠소?"

호로는 그 말에 크게 수긍이 간 모양이었다.

"그런데 혹을 둘씩이나 단 우리 상인 양반께서는 어떤 돈벌이 건수를 들고 이곳에 오셨는지?"

"혹?"

호로가 다소 불만스러운 듯이 후드 속에서 중얼거렸다. 평소처럼 수도녀인 체하고만 있을 수가 없는 모양이다. 미리 단단히 일러둘 걸 그랬나 싶으면서도 로렌스는 무뚝뚝한 표정으로 제지했다.

"진 상회의 주인 되시는 분을 뵙고 싶습니다만."

"음, 그건 바로 나요."

물론 그렇겠지 했으므로 딱히 놀라지 않은 로렌스는 고개를 끄덕인 뒤, 앞으로 나아가 에이브에게서 받은 친서를 계산대 위에 올려놓았다.

"오, 이거 실례했구먼. 볼란 상회와 아는 사이였소?"

"볼란 상회?"

에이브가 상회를 꾸리고 있을 줄은 몰랐기 때문에 약간 뜻밖이다 싶었다.

한 마리 늑대라는 표현이 그토록 잘 들어맞는 사람이 또 있을까 싶은 이상도 강했다.

로렌스가 되물었는데도 진 상회의 주인은 이상한 표정을 짓지는 않았다.

그 대신, 자기도 모르게 말이 헛나왔다는 듯이 겸연쩍은 표정을 지었다.

"간판도 달지 않은 채 혼자서 장사를 하고 있소만, 그만큼 곳곳에 활동망을 펼치고 있으면 실로 어엿한 상회가 아니겠소?"

진 상회의 주인은 에이브의 친서를 펼쳐들며 그렇게 동의를 구해 왔다.

로렌스는 에이브가 얼마나 영향력을 가진 인물인지 가늠할 수가 없었으나, 에이브와 안 지 얼마 안 된다는 것을 상대에게 알려봐야 좋을 것 하나 없다.

애매하게 웃음을 지으며 고개를 끄덕이자, 상대는 그 너머를 멋대로 짐작한 뒤 웃었다.

"음…. 그래프트 로렌스 씨라. 어허, 이거 그 늑대에게서 이런 서장(書狀)을 받아낸 사내가 찾아올 줄은 몰랐는걸? 대체 어떤 약점을 쥔 거요?"

방금 전까지는 신통찮은 상회의 무기력한 주인 같은 느낌이었는데, 왼쪽 눈썹만 잔뜩 치켜 올리며 노려보는 모습이 아주 능란했다.

하지만 저런 몸짓은 로렌스를 위협하거나 자신의 위엄을 과시하려는 뜻에서 그러는 것이 아니라, 단순히 순수하게 흥미진진한 표정을 지은 것으로, 저런 얼굴이 필시 이 사람을 만만치 않은 상인으로 보이게 하는 것이리라.

로렌스는 상대에 대한 평가를 새로이 한 후, 이쪽 또한 순수하게 재미있는 상인을 만나 반갑다는 표정을 지으며 어깨를 으쓱했다.

"비밀입니다."

"우하하하. 그래, 그렇군…. 그런데, 우리 상회엔 무슨 볼일이신지…?"

말을 하면서 종이를 훑어본다.

로렌스는 그 직후 주인의 뺨이 움찔한 것을 놓치지 않았다.

서장에 적혀 있는 것은 신으로 모셔지던 늑대의 뼈를 둘러싼 이야기에 관한 것으로, 제대로 된 상인이라면 박장대소하며 포도주를 내올 종류의 것이다.

하지만 진 상회의 주인은 옛날 생각이 난다는 듯이 어깨를 들썩이며 웃은 후 서장을 곱게 말아 말총으로 다시 묶었다.

"오랜만에 이 이야기에 흥미를 가진 사람을 보는군. 그것도 에이브 볼란을 통해 일부러 찾아왔으니…. 그저 재미 삼아 이러는 건 아닐 테지?"

"부끄럽습니다만."

로렌스가 웃으면서 대답하자 주인도 다시 웃었다. 그 웃음에는 두 가지 표정이 섞여 있는 것처럼 느껴졌다.

하나는, 세상에 이런 터무니없는 이야기를 진지하게 물어보러 오는 상인이 있을 줄이야 하는 웃음. 다른 하나는, 옛날에는 자신이 그렇게 말을 하고 싶어도 아무도 들어 주지 않더니 이제 와서 이야기를 해달라고 졸라대는 바람에 곤혹스러워 하는 노인의 웃음이었다.

로렌스는 후자의 웃음을 깨닫자 가슴속에서 묘한 느낌이 일었다.

그러나 진 상회의 주인이 그런 웃음을 지은 것도 잠깐이었다. 이내 웃음이 가셨다.

"그나저나 그런 헛소리 같은 이야기를 물어보러 오기 위해 그 늑대에게 굳이 친서를 쓰게 할 정도의 사내라면 참으로 위대한 사내인 게 분명하지. 옆구리에 달고 온 혹 두 개도— 과연. 가만 보니 여간내기들이 아니겠어."

"우리는 참사회 자리에 앉고 싶은 게 아니라서 어떻게 보이느냐가 아니라, 무엇을 할 수 있는지에 중점을 두고 있습니다."

"우리 상회를 찾아 준 상인 그래프트 로렌스. 그것은 옳은 말이오. 나도 제대로 이름을 대야겠군. 내가 이 진 상회의 주인인 테드 레이놀즈요."

그 이름은 로렌스 일행이 롬강을 내려오는 도중에 수수께끼를 놓고 머리를 굴려야 했던 진 상회의 장부를 작성한 인물의 이름이다.

이름만 놓고 봤을 때는 젊은 남자를 상상했었는데, 실물은 상상했던 것보다 나이가 곱절은 되어 보였다.

"진은 우리 아버지의 아내의 이름이지. 애처가였거든."

"그런 거였군요."

"그 이름을 붙이고 나자 다른 거래 상대들이 벌벌 떨었다니, 공처가였는지도 모르지."

손가락 하나를 세우더니, 거들먹대는 귀족처럼 한쪽 눈을 감으며 웃음을 지어 보인다.

그런 모습이 영 어울리지 않으면서도 야릇하게 애교가 있었다.

방심할 수 없는 상인이라는 생각이 들었다.

"그런데 나한테 물어보러 온 그 이야기 말인데, 그거 좀 이상한 이야기오만?"

"예. 세상에는 이상한 짓을 하는 사람도 있는 법이니까요."

"아아, 맞는 말이오. 이영… 차."

레이놀즈는 여전히 귀찮은 투로 몸을 일으키더니 잠깐 기다리라 하고는 계산대 안쪽으로 들어갔다.

풀어놓고 키우는 닭만이 뒤에 남아 꼬꼬거리면서, 콜이 신은 슬리퍼의 보풀이 인 부분을 쪼아댔다.

콜은 필사적으로 쫓으려 하지만 닭은 인정사정이 없다.

호로는 한동안 콜과 닭이 하는 짓을 재미있게 지켜보더니, 닭을 향해 송곳니를 드러내 보였다.

그러자, 날지 못하는 닭이 그야말로 날아서 도망쳤다.

"오래 기다리셨소…. 어라?"

닭이 꽁무니를 빼면서 날린 가느다란 새털들이 바닥에 떨어질 새도 없이, 레이놀즈가 나무상자를 안고 돌아왔다.

눈치 빠른 상인이 아니더라도 무슨 일이 있었는지는 쉽게 상상할 수 있다.

"이거 미안하게 됐소. 우리 닭들은 왜 그런지 보풀이 인 것만 보면 환장을 하거든."

"날씨가 추운 계절이니 발끝을 가려 둬야지요."

로렌스가 대답하자 레이놀즈는 너털웃음을 터뜨렸다.

"우핫핫핫. 상상조차 하기 싫네. 발끝에 인 거스러미를 쪼아대면 내일 낳을 예정인 알까지 몽땅 쓸어다 냄비에 처넣어야지."

그 말에 콜이 슬며시 발끝을 문지르는 것을 보고 웃으면서 로렌스는 레이놀즈가 계산대 위에 올려놓은 나무상자를 거리낌 없이 쳐다보았다.

"그건?"

"음, 이건 말이오."

하며 주저 없이 뚜껑을 연다. 순간 로렌스는 자세를 가다듬었다.

상자 안에는 동물의 뼈가 빼곡히 들어차 있었던 것이다.

"우리 상회가 산중 오지마을에서 모시는 수호신의 뼈를, 엄청난 비싼 값을 치르더라도 구하고 있다는 소문에 고맙게도 협력해 준 친절한 이들의 노력의 결정체지."

빙빙 돌려하는 말투에서 어지간히 진저리가 나는 심정이 여실히 느껴졌으나, 어디까지가 진심인지는 알 수 없다.

하기야, 거짓말을 하고 있는 거라면 나중에 호로에게 물어보면 된다.

"이것들은 진짜입니까?"

"그러면 얼마나 좋으랴만, 여기 꼴을 보면 모르겠소? 내가 무슨 욕심을 잔뜩 부려서 이 뼈들을 그러모은 것도 아니건만 문 닫기 일보직전이니."

문 닫기 일보직전이라는 말은 거짓일 터였다. 이 가게는 적어도 룀강 상류에서 흘러드는 동화의 중계를 맡고 있으니 보기보다는 돈을 벌고 있을 것이다.

하지만, 자포자기하는 말투까지 거짓말일 것 같지는 않다.

레이놀즈의 눈에는 순수한 어린애와 같은 의문의 빛이 담겨 있었다.

"왜 이런 허황된 것에 새삼스레 관심을 갖는 거요?"

하기는, 허황된 이야기라고 해도 어쩔 수 없다.

"에이브 씨도 똑같은 질문을 하셨습니다만, 실은 이 두 사람이 북쪽 태생이라서요."

"어…."

하며 레이놀즈는 살짝 놀란 눈을 했다.

자신이 심하게 착각을 하고 있었다는 듯한 그런 얼굴이다.

"오호라, 그런 거였군…. 음…. 그렇다면 내가 경솔했네. 나쁘게 받아들이진 마시오. 어처구니없는 이런 이야기를 경멸하는 기분을 여기 있는 두 사람의 신에게까지 품고 있는 것은 아니니까."

레이놀즈는 코를 비빈 뒤 손바닥을 쳐들어 보이며 교회에서 신 앞에 선언을 하듯 그렇게 말했다.

두 사람이 북쪽 태생이라는 것만으로도 모든 것을 납득할 만큼, 이 지역은 로에프산에 가깝다는 얘기다.

그리고, 레이놀즈가 북쪽 출신들을 존중하고 있다는 것도 잘 느껴졌다.

"그런 거라면 나는 협력을 아끼지 않겠소. 이 이야기는 참으로 어처구니가 없는 이야기라오."

레이놀즈는 현기증이 날 만큼 분위기가 확확 바뀌는 인물이었다.

그렇게 말문을 여는 순간, 이곳이 다 기울어가는 상회의 하역장이란 것을 까맣게 잊은 채 참사회 의사당이 아닌가 하는 착각이 들 뻔했다.

"로에프 산중에는 교회가 간과할 수 없는 전설이 수없이 남아 있소. 그 중 몇몇 개는 너무나도 신빙성이 없고, 그 중 몇몇 개는 정말로 그런 것이 아닐까 싶고. 두 사람이 어느 근방 출신인지는 모르겠지만, 적어도 어느 마을에 있던 늑대신의 뼈에 관한 이야기다 하면 대충 짚이는 바가 있을 만한 곳에서 살았을 테지."

"루피 마을이지요?"

콜이 끼어든다.

진지한 표정이, 방금 전까지 닭이 신발을 쪼아대 울상을 짓던 그 소년과는 동일인물이 맞나 싶을 정도다.

"그래, 맞다. 그 마을의 이름을 알고 있으면서 이 이야기를 추적하고 있다는 얘기는, 너는 운 좋게 목숨을 구한 소년이거나, 또는 세상의 부조리함을 목격한 소년일 것이 분명하군."

루피 마을은 검을 찬 선교사들에 의해 제압돼 무수한 사람들이 죽임을 당했다고 콜은 말했었다.

레이놀즈의 말에 콜은 주먹을 꽉 쥐며 고개를 끄덕였다.

"그 옆에 있는 아가씨가 북쪽 태생이면서도 교회의 수도녀처럼 보이는 차림을 하고 있는 연유도 나는 묻고 싶지 않네. 상인은 무덤 속으로 돈을 가져갈 수는 없어도 추억은 가져갈 수 있으니까."

그러면서 레이놀즈는 몹시도 얄궂은 웃음을 지으며 한쪽 뺨을 실룩거렸다.

호로도 슬쩍 웃는다.

그럴 수만 있다면 무덤 속으로 들어갈 날이 올 때까지 아름답고 깨끗한 것만을 보고 싶다는 바람은 그야말로 코웃음을 칠 소망이라는 것을 알고 있기 때문이다.

"루피 마을에서 받들던 그 신에 관한 이야기인데, 재작년 여름도 다 끝나갈 무렵이었던가. 그 무렵에는 선교사들과 용병 집단이 북쪽의 산과 들을 왕성하게 헤집고 다녔었지. 어느 마을이 어떻게 되었다는 얘기가 허구한 날 들렸어. 그런 와중에 우리와 친분이 있는 상회가 건수 하나를 물었는데. 아니, 물 수밖에 없었다고나 할까."

"데바우 상회 말씀입니까?"

이쪽이 아무것도 모른 채 물으러 온 줄 알면 이야기를 재미있게

하기 위해, 또는 깜박 속아 넘어가게 만들기 위해 거짓말을 둘러
댈지도 모른다.

그러니 견제를 할 겸, 전혀 무지하지는 않다는 점을 알려 둔다.

레이놀즈는 로렌스의 견제를 알아채자 피식 웃었다.

"우후. 볼란 가의 암늑대한테서 친서를 받아왔을 정도의 상인에
게 거짓말은 안 하지. 나는 그 암늑대를 존경한다오. 그러니 그 암
늑대가 신뢰하는 상인인 그래프트 로렌스에게도 경의를 표하지."

웃으면서도 웃고 있지 않은 표정은 화를 내고 있는 것처럼도 보
인다.

그러나 로렌스는 자신이 실언을 했다고는 생각지 않았다.

이것은 두 상인 간의 놀이 규칙을 정하는 의식에 가까운 것이니
까.

"말씀하시는 데에 끼어들어 죄송합니다."

"아니, 나도 혼자 주절대다 보면 자칫 이야기가 길어질 텐데. 당
신이 전혀 무지한 건 아니라면 요점만 얘기하면 되겠소."

레이놀즈는 헛기침을 한 뒤 자세를 조금 바로잡았다.

눈은 벽을 쳐다보고 있으되, 초점은 기억 속으로 향했다.

"데바우 상회는 이런저런 관계로 인해 거역할 수 없는 교회의
한 일파에게서 이런 거래 상담을 받았다 하지. 우리가 북쪽 산으
로 확인을 하러 갔던 황당무계한 이교도 전설 가운데 다른 것이
하나 있었다. 그것은 실제로 있는 것이고 형체가 있는 것이다. 그
렇다면 세상에 존재하는 온갖 것을 사고파는 당신들이라면 그것
을 찾아낼 수 있지 않겠느냐고."

사실은 상담이라기보다는 명령에 가까웠을 것이 뻔하다.

그것을 굳이 이런 식으로 말하는 것은 암암리에 교회에 반감을 품고 있다는 것을 내보일 생각에서이리라.

"우리가 연금술사에게 야릇한 인상을 품고, 수상쩍은 그들이라면 뭐든 할 수 있을 줄 아는 것처럼, 우리가 하는 장사를 수상쩍고 부도덕한 뭔가로 여기는 교회의 높으신 분들은 우리가 뭐든 못하는 게 없다고 착각을 하고 계시는 모양이야. 하지만 장사를 하자면 차마 거절 못 할 일들이 많은 법이오. 그리고 그런 의뢰는 늘 강 상류에서 하류로 내려오기 마련이고."

"옳으신 말씀입니다."

로렌스가 장단을 맞추자 레이놀즈는 만족스레 고개를 끄덕였다.

황제는 궁정상인에게, 궁정상인은 자신이 지배하는 상회에게, 상회는 지점에게, 지점 책임자는 시정상인에게.

공손하게 황제를 알현할 때 헌상하는 물품도, 뿌리를 파고 보면 동화 한 냥짜리 거래에 목숨을 거는 상인이 만들어낸 것인 경우가 드물지 않다.

명령은 위에서 아래로, 물품은 아래에서 위로 흐를 뿐, 그것이 뒤집히는 법은 없다.

"그리고 우리 상회는 위대한 강의 정령인 롬이 다스리는 롬강의 가장 하류에 위치해 있소. 위에서 둥실둥실 흘러내려온 명령에는 무슨 일이 있어도 응하는 수밖에 없지. 그야말로—"

늘어진 레이놀즈의 뺨이, 마치 오늘 이 순간을 위해 뺨을 늘어뜨리고 있었다는 듯 출렁 하고 흔들렸다.

"돈을 물 쓰듯 할지언정."

로렌스는 고개를 끄덕인 뒤 계산대 위의 나무상자 속에 빼곡히 들어찬 수많은 뼈에 눈길을 주었다.

일반적으로 어느 상회에서 어떤 상품을 찾고 있다 해도 이렇게 많이 상품이 보내져 오는 경우는 없다.

필시 개, 고양이, 양, 소, 돼지 등의 뼈일 테지만, 이토록 많이 보내져 왔다는 것은 진 상회가 이곳에서 이 뼈를 찾고 있는 행위가 제대로 된 상거래가 아니라는 것을 다들 알고 있었기 때문이다.

제대로 된 상거래라면 제대로 된 상품이어야만 대가를 지불 받을 수 있다.

그러나 제대로 된 상거래가 아니라면, 제대로 된 것이 아니더라도 대가를 지불 받을 수 있을지 모른다.

진 상회와, 저 꼭대기에 있는 데바우 상회가 원래 명령자인 교회의 인물들을 설득시킬 수 있을 만한 물품이라면— 어쩌면 돈을 지불해 줄 가능성이 있다.

뼈야 얼마든지 널렸다.

조금이라도 그럴 가능성이 있다면 밑져야 본전이다.

골치를 앓는 것은, 그 돈벌이 건수에서 임시로 주인장 역할을 맡게 된 진 상회다.

"하여간 당시에는 이렇게 한바탕 야단법석이 났었단 얘기요. 만약 진짜를 찾아냈다면 지불되는 대가는 뤼미오네 금화로 1천 냥이나 된다고 했으니까."

"그래서."

레이놀즈가 자조하듯 웃는 찰나, 콜이 물었다.

"그래서, 뼈는 발견되었습니까?"

레이놀즈의 눈이 처진 눈꺼풀 밑에서 순수한 유리구슬처럼 감정이 깃들지 않은 것으로 한순간 변했다.

그런 식으로 묻는 것은 상인들의 대화 규칙에서 벗어나는 촌스런 행동이다.

하지만 유리구슬 같은 눈빛도 잠깐. 이내 닭이 이삭을 쪼는 것이나 바라보면서 계산대 앞에 앉아 손님이 찾아들기를 세월아 네월아 기다리는 것에 걸맞은 눈빛으로 바뀌었다.

상인이라면 발언이 촌스럽다 하여 화를 내는 법은 없다. 그에 걸맞은 대응을 할 뿐.

요컨대, 상인으로서의 이야기는 여기에서 끝인 것이다.

"후후. 만약 찾아냈다면 나는 지금쯤 황금 의자에 앉아 있겠지. 물론 당시에는 내가 진작 뼈를 찾아내서 떼돈을 벌었다는 소문이 퍼져서 협박도 여러 차례 받긴 했지만. 하지만, 조금만 생각해 봐도 알 수 있는 문제인데 말이야. 대체 어디 사는 누가 그런 엄청난 양의 금화를, 어떤 방법으로 남의 눈에 안 띄게 지불해 줄 수가 있겠어?"

놀리는 듯한 말투인 것은 실제로 어처구니없는 이야기이기 때문이다.

이 상회에 금화로 1천 냥이나 되는 돈을 지불한다면, 장사를 합네 하는 자들이라면 당장에 돈의 움직임을 알아챌 것이다.

감추려야 감출 길이 없는 일이라 할 수 있다.

콜도 대충 짐작이 간 모양이었다.

유감스러운 듯 고개를 푹 숙이다시피 하며 끄덕이더니 질문에 대답을 해준 데 대해 감사의 인사를 했다.

그 순간 레이놀즈의 눈이 번쩍 뜨인 것에는 로렌스도 피식 웃고 말았다.

질문을 하는 것 자체는 상인으로서 최악이자 촌스러운 일이었기는 해도, 질문을 한 뒤에 제대로 된 인사를 할 수 있는 예의범절은, 회초리로 엉덩이를 맞아가면서도 제자들이 좀처럼 익히지 못하는 것 중 하나이기 때문이다.

상회의 계산대 앞에 마지못해 앉아 있는 느낌이긴 하지만, 레이놀즈의 상인으로서의 눈썰미는 상당한 것임이 분명하다.

그러니, 상인의 시선을 로렌스에게 보내온다.

"로렌스 씨는 좋은 제자를 두셨소."

먹잇감을 노리는 매의 눈.

과장된 말은 아닌 듯하다.

"제자는 아닙니다."

"뭐요?"

레이놀즈가 믿기지가 않는다는 듯이 호들갑스럽게 놀라더니 콜에게 시선을 돌리자, 로렌스는 재빨리 이렇게 말했다.

"미래의 교회법학 박사님입니다. 상인의 제자라고 했다가는 제가 천국의 문 안으로 못 들어가게 됩니다."

그때 레이놀즈의 얼굴을 뭐라 표현해야 좋을까.

저런 얼굴을 할 만큼 호로의 의표를 찌를 수가 있다면, 틀림없이 그 즉시 호로의 고삐를 쥘 수 있을 텐데.

레이놀즈는 그 정도로 놀란 표정을 지으면서, 까맣게 속았다는 듯이 자신의 이마를 딱 때렸다.

"으으으으으음. 북쪽 지역 출신이자 장래 교회법학 박사님인데다 고향의 신에 관한 이야기를 쫓고 있다…. 그렇군. 과연 암늑대의 신뢰를 쟁취해낸 상인답구먼. 이것 참, 상당히 복잡한 것 같으면서도 더없이 부러운 여행을 하고 계시는구려."

인맥과 권력의 구도에 민감한 상인에게 장래 교회법학 박사가 될 사람은 황금알로 보일 것이 뻔하다. 또한 전도가 유망할지 어떤지는 행동거지를 보면 어느 정도 판단이 서는 법.

눈에 드는 인물이 있으면 언제든 투자하고 싶다.

그런 느낌이 물씬물씬 전해져 왔는데, 레이놀즈는 문득 호로에게 눈길을 주더니 로렌스를 쳐다보았다.

"그럼 이쪽도 그 어느 이름 있는 수도원의?"

먹잇감을 노리는 매 같은 눈으로 콜을 바라보고 있었던 것은 물론 호로도 눈치 챘을 터.

그러나 호로에게는 그런 눈빛을 보내지 않았다.

로렌스에게 그렇게 물은 것은 호로를 무시하는 것이 미안해서였거나, 또는 약간의 잡담을 하는 식이었으리라.

그리고 호로가 그런 소홀한 대접에 만족할 턱이 없다.

그럼 자신의 가치를 어떻게 드높이면 될 것인가.

그런 계산만큼은 참으로 상인 저리 가라로 빠르다.

호로는 레이놀즈의 말을 듣자마자 로렌스의 뒤로 스륵 숨더니 옷을 꼭 붙잡았다.

마치 낯을 가리는 소녀처럼. 자신의 보호자는 로렌스라고 주장하듯이.

신이 소유하고 있는 것조차 손에 넣으려 드는 것이 상인이니, 다른 사람이 소유하고 있는 것이라면 더한층 탐이 나는 것이 본능이라 할 수 있다.

효과는 탁월했다.

"음하하하."

레이놀즈가 박장대소했다. 그제야 로렌스는, 호로가 로렌스의 그늘에서 약간 얼굴을 내민 채 짓궂게 웃고 있었다는 것을 알았다.

말이 나오지 않는 이중 삼중의 심리전.

레이놀즈가 박장대소한 것은 자신이 한 방 먹었다는 것을 바로 알아챘기 때문이다.

"참으로 멋진 손님들이야. 어떠시오? 이제 곧 점심때이니 이렇게 우리가 만나게 된 것을 축하하는 뜻에서 함께 식사라도 하는 게?"

로렌스로서도 그 제안은 기쁘기 그지없다.

레이놀즈와의 대화는 매우 자극이 넘친다.

"괜찮으시다면 부디."

"더없는 행운이오. 그럼 당장에 사람을 불러서 요리를 하게 하지. 다만…."

하며 레이놀즈는 시선을 로렌스 일행의 뒤편, 진 상회의 하역장으로 던지며 이렇게 말했다.

"그러려면 튼튼한 닭이 한 마리 필요한데, 오늘따라 닭이 한 마리도 안 보이네."

"아!"

콜이 목청을 돋우자 호로는 고개를 돌려 딴전을 피웠다.

콜의 신발을 쪼아대는 것을 호로가 늑대조차 꽁무니를 뺄 강렬한 시선으로 쫓아버린 탓에 하역장에서 닭이 싹 사라졌던 것이다.

"혹시 괜찮다면 우리 이웃들을 밥상머리에 불러와 줬으면 하는데."

장난을 좋아하는 어린애처럼 웃는 레이놀즈의 말에 콜은 당황해서, 그리고 호로는 마지못해 닭을 쫓아갔다.

닭과 포도주.

살아가는 데에 필요한 것이 빵과 소금이라면, 이쪽은 인생을 즐기기 위해 필요한 것 중 두 가지인지도 모른다.

게다가 뜻밖의 성찬이라면 더더욱.

호로는 레이놀즈의 "사양 말고 드시라."는 말을 들을 것도 없이 달려들었고, 콜은 장래 교회법학 박사님답게 교회의 식사예법으로 음식을 먹었다.

늑대 뼈에 관한 이야기를 허심탄회하게 해준 데다 이런 맛있는 음식까지 대접해 주다니 참으로 호탕한 사람이구나, 라고 생각한 것은 콜뿐이리라.

식사를 하는 중에는 두서없는 잡담이 오갔다. 2년 전의 늑대 뼈를 둘러싼 소동이 최고조에 달했을 때의 우스갯소리며, 그 후에 이야기가 꺼져드는 과정까지 자세히 들었다.

그러나 상인은 언제든 대가를 요구하는 법이다.

로렌스는 그 대가가 마음에 걸렸는데, 그것은 헤어질 때 알게 되었다.

레이놀즈가 먼저 악수를 청해 온 것이다.

"에이브 볼란 씨에게 잘 좀 전해주시오."

로렌스의 오른손을 양손으로 꽉 잡으면서.

그러면서 쳐다보는 눈은 명백한 상인의 눈.

늑대 뼈 이야기는 다 했고, 게다가 맛있는 음식까지 내놓았으니— 손님 대접 잘 받았다고 에이브에게 전해달라는 뜻일 것이다.

에이브와 친분을 쌓아서 장사 영역을 보다 넓히고 싶은 것이 목적이리라.

그러나 레이놀즈가 운영하는 진 상회는 보기에는 별로인 듯하지만, 광산의 이권을 움켜쥐고 있는 데바우 상회와 사이가 좋을 것이었다.

그런 레이놀즈가 에이브의 신임을 산다고 해서 그렇게 큰 이득을 볼 건 없을 듯하다.

그게 아니면, 에이브가 그 정도의 인물인 것일까.

궁금한 점이 많긴 했으나, 그렇다고 대접받은 데 대한 감사의 표시를 하지 않을 순 없다.

로렌스는 레이놀즈에게 정중히 인사를 한 뒤 진 상회를 뒤로 했다.

로렌스 일행이 처음 상회를 찾았을 때는 의자에서 영 일어나기 싫어했던 레이놀즈가 문간까지 나와서 배웅을 해주었다.

"자, 그럼."

하며 로렌스는 혼잣말을 했다.

목적은 깨끗이 달성되었다.

그러나 레이놀즈와의 대화 가운데 이것저것 앞뒤가 맞지 않는 점이 있는 것은 부정할 수 없다.

진 상회의 상황도, 로렌스가 에이브에게서 받은 친서를 레이놀즈에게 건넸을 때도, 또한 방금 전 헤어질 때의 레이놀즈의 행동도.

그 모든 것이 늑대 뼈를 둘러싼 이야기와 직접적으로 연결되는 것은 아니겠으나 상인의 행동은 언제든 뜻밖의 사태로 이어지기 마련이다.

로렌스는 골똘히 생각에 잠긴 채 턱수염을 가볍게 잡았다.

"이제 어떻게 할 거야?"

순간, 호로의 질문에 의해 생각이 중단된다.

그 대신 호로의 얼굴을 본 순간, 방금 전까지 먹었던 닭요리가 떠오르고 말았다.

레이놀즈가 내놓은 닭요리는 허벅지살을 삶아서 향초 다진 것과 겨자씨를 간 것에 식초를 쳐서 만든 소스를 뿌린 일품이었다.

그것이 얼마나 맛이 좋았는가 하면, 호로의 입가에 다진 향초

조각이 붙어 있을 정도다.

로렌스가 손가락으로 향초 조각을 떼어 주자 호로는 약간 귀찮다는 듯이 한쪽 눈을 찡그린다.

하지만 그것이 자신을 어린애 취급하지 말라며 멋쩍게 화를 내고 있는 게 아니라는 것을 이내 알았다.

호로가 그런 식으로 눈을 찡그리며 외면하더니 콜에게 슬쩍 눈짓을 한 것이다.

콜이 놀라면서 어딘지 모르게 감탄한 듯이 고개를 끄덕이는 것을 보자 로렌스는 한숨을 지었다.

로렌스가 호로의 입에 붙은 향초를 떼어 줄지 아닐지를 놓고 콜과 내기 비슷한 것을 했던 모양이다.

"자…, 그럼 어떡할까."

상대를 했다가는 지는 것이다.

둘이 눈짓을 하는 것에는 신경 쓰지 않는 척하며 로렌스는 중얼거렸다.

"생각했던 것보다 순조롭게 이야기를 듣게 돼서 맥이 풀리네요."

"응?"

"좀 더 이야기를 감출 줄 알았는데요."

콜의 말에 이번에는 로렌스가 호로에게 슬쩍 눈길을 준다.

호로와 한순간 눈이 맞았다가 동시에 서로 고개를 획 돌렸다.

그런 걸 보니, 호로도 방금 전 이야기 속에서 뭔가 마음에 걸리는 점이 있었던 것이리라.

로렌스는 말을 골라가며 입을 열었다.

"…그렇지. 교회 사람들이 루피 마을의 이야기를 진짜로 믿었다는 것은 확인할 수 있었다. 그렇다면 그 사람들이 믿을 만한 뭔가가 있었다는 얘기야. 이건 큰 진전이지."

콜은 연신 고개를 끄덕이면서 진지한 표정을 짓고 있다.

그러나 호로도 레이놀즈의 언동에서 뭔가 위화감 같은 것을 느꼈다면 이것은 그렇게 단순한 이야기가 아닐 수도 있다.

그것을 콜에게 말하지 않은 것은 문제가 복잡해질 듯해서다.

콜은 성격이 너무 올곧다.

호로처럼 삐딱한 성격도 고향에 관한 이야기는 충분히 위태위태한 요소로 작용하는 것이다.

때를 봐서 차근차근 설명하면 된다.

"그런데 유감스러운 점이 한 가지 있군."

"——?"

콜이 로렌스 쪽을 바라보며 고개를 갸웃한다.

겉과 속이 한결같다는 점을 아는 만큼, 그런 몸짓은 호로보다 귀여운 것도 같다.

"이야기를 너무 수월하게 들어서 말이지. 비장의 수단을 쓸 필요가 없을 듯해."

"아…. 동화 이야기 말씀인가요?"

상류에서 운반되어 내려올 때는 57상자에 담겨 있던 동화가 진 상회에서 바다를 건너갈 때는 60상자로 늘어나 있는 불가사의.

로렌스는 이것을 진 상회의 약점 중 하나가 아닐지 의심하고 있다.

만약 진 상회가 늑대 뼈에 관한 이야기를 어디까지나 감추려 든다면 강제 수단을 쓸 수밖에 없을 것이었고, 그 취지는 콜에게도 전해 두었다.

하지만 상자의 개수가 맞지 않는다는 사실만으로도 충분히 효력을 발휘할 것이라는 판단 하에, 지금까지 상자 개수가 맞지 않는 이유를 콜에게 물어보지 않았다.

물론 로렌스는 자력으로 문제를 풀어내진 못했다.

"뭐, 쓸 필요가 없어졌다면 여행을 마치고 헤어질 때 인사 삼아 가르쳐주면 된다."

유일하게 혼자서만 문제를 풀어낸 콜은 고개를 끄덕인 뒤 쑥스러운 듯이 웃었다.

"그러니 이제 이 건에 관해서는 일단 감사의 뜻을 전하러 에이브에게 간 참에 좀 더 정보를 모은다는 선택의 여지가 남아 있는데. 그렇다고 해서 너무 서두르는 것도 문제지. 무슨 이상한 착각을 했다가는 곤란하니까."

"저…. 그 말씀은, 누군가가 이 이야기를 심각하게 쫓고 있다면 나름대로 그럴 만한 이유가 있는 것으로 상대방이 여기게 될 것이기 때문이지요?"

언제 어느 때이건 학습하는 자세를 잊지 않는 것은 높이 평가할 만한 것이다.

로렌스는 고개를 끄덕였다.

"레이놀즈와 에이브가 늑대 뼈에 관한 이야기를 쉽사리 털어놓은 것은, 그들이 이 이야기를 곱씹은 끝에 실없는 이야기로 판단했기 때문이지. 만약 조금이라도 실현 가능성이 있다면 하나같이 입을 다물었을 거야."

"그런 와중에 우리들이 그 이야기를 너무 진지하게 찾고 있다 싶으면 그 사람들은 우리가 그 이야기가 진실이라고 여길 만한 중대한 열쇠를 쥐고 있는 게 아닌지 의심하게 되겠죠."

로렌스 일행이 늑대 뼈에 관한 이야기가 진실이라 믿을 만한 중대한 열쇠는, 다름 아닌 호로의 존재다.

그 점을 명확하게 이해하고 있는 콜은, 오른손의 집게손가락을 세우며 "이 요리의 맛을 내는 비법은 살짝 들어간 향초인 것이지요."라고 의기양양해 하는 요리사 같은 표정으로 말했다

혹은, 새로 익힌 재주를 잘 선보여 뿌듯해 하는 강아지 같다고나 할까.

그럼에도 그 모습이 시건방지게 보이지 않는 것은, 콜 스스로가 짐짓 의기양양하게 말하고 있는 스스로를 자각하고 있기 때문이리라.

타고나길 붙임성 있는 성격인 것이다.

"하지만 '아무도 믿지 않기 때문에 쉽사리 털어 놓는다'는 것은 좀 얄궂은 이야기네요. 그 진위를 확인하기 위해 물어보는 건데."

"그 다음은 신앙의 문제야. 주위 사람들은 다들 아니라고 하는 와중에서 그것이 옳다고 믿는 용기."

콜은 신묘한 표정으로 고개를 끄덕였다.

"그리고 그것을 응용하면 이렇게 말할 수도 있지요. 성직자가

신에게 사람들이 구원을 받을 수 있느냐고 물었을 때 아무런 대답도 없는 것은, 신이 태만해서가 아니라 오히려 그 질문이?"

이 장래의 교회법학 박사는 이제 막 틀에서 뽑아낸 종처럼 가볍게 치면 낭랑하게 울린다.

"그거야 당연하니까, 라고 해석할 수 있지요."

호로와는 또 약간 다른, 솔직하면서도 마음이 놓이는 지적인 대화.

학자라는 이름이 붙는 이들은 하루 종일 이런 식으로 말을 잇고 또 이을 수 있다던데, 그 이유를 알 것 같다.

어슬렁어슬렁 걸으며 말을 주고받다 보니 어느 틈엔가 로렌스 옆에 콜이 나란히 선 형태가 되었는데, 이런 것도 나쁘지 않다.

10년 후에도 이런 식으로 걸을 수 있다면 콜은 멋진 친구가 될 게 분명하다.

그것을 생각하면 벌써부터 기대가 된다.

하지만, 그런 두 사람 사이에 끼어드는 자가 있다.

내내 소외된 상태였던 호로다.

"날 앞에 두고 재미있게 얘기하기야?"

조금 못마땅한 표정을 짓는다.

그것이 어떤 의미인지는 굳이 분석하지 않는 편이 신상에 이롭다.

"그 여우한테 곧장 갈 필요가 없다면, 난 가고 싶은 데가 있는데."

"어디?"

로렌스가 묻자 호로는 하구 쪽을 가리켰다.

"저 떠들썩한 곳."

말할 것도 없이 삼각주 위의 시장이리라.

로브 밑으로 꼬리가 파닥대고 있는 것을 보니, 뭔가 맛있는 거라도 기대하고 있는 모양이다.

콜과의 지적인 대화에서, 속이 훤히 들여다보이는 대화로 원상복귀.

로렌스는 호로의 머리 너머로 콜에게 눈길을 준다.

콜은 약간 주저하듯이 고개를 끄덕였다.

호로는 반은 자신이 가고 싶어서 삼각주 얘기를 꺼냈겠지만, 나머지 반은 콜을 위해서 했을 게 뻔하다.

콜과의 지적인 대화와 호로와의 속이 훤히 들여다보이는 대화 중 어느 것이 더 나은지 우열을 가릴 수 없는 것은, 호로는 늘 속이 훤히 들여다보이는 이면에 이런 식으로 뭔가를 감추고 있기 때문이다.

그래서 로렌스도 뭔가를 감춘 채 대답했다.

"넌 먹을 것 생각뿐이지?"

로렌스가 어이없다는 투로 말하자, 호로는 호박색 눈을 빙그르 굴리더니 윗입술을 삐죽이듯 하며 살짝 웃었다.

"나는 당신 생각도 늘 하는걸?"

조금 높은 음조의 달콤한 목소리로 그렇게 말한 뒤 호로는 로렌스의 팔에 매달린다.

로렌스는 입가에 향초를 붙이는 것을 깜박 했으니, 이것으로 피장파장이다.

한편, 곁에 선 콜은 다소 발그레한 얼굴로 어디에 눈을 둬야 할지 몰라 난감해 하고 있었다.

로렌스는 아무래도 약간의 우월감이 들었지만, 그것을 순수하게 기뻐할 수만은 없다.

왜냐하면, 호로는 이러는 대신 대가를 요구하기 때문이다.

"난 네 밥이니까."

로렌스가 대가를 지불하자, 호로는 히죽 웃은 뒤 후드가 벗겨질 뻔할 만큼 귀를 크게 쫑긋거렸다.

"그럼, 지갑 끈을 기꺼이 풀어 줄 거지?"

로렌스는 콜에게 시선을 돌린다.

어떻게 생각해? 하는 질문을 시선에 담고서.

그리고 이런 말장난 같은 질문에는 콜도 호로 못지않게 대답을 내놓을 줄 안다.

"잘 먹겠습니다, 라는 것 같은데요?"

"하여간. 입가심할 술이 당긴다니까."

콜이 매끄럽게 마무리한 덕분에 로렌스는 그렇게 매듭을 지었다.

케르베의 삼각주는 한복판에 거대한 저수지가 있다.

거기에는 크고 작은 다양한 물고기가 담겨 있고, 가끔은 거북이나 물새들도 떼를 짓는다.

그러나 그 물가에서 말을 자아내는 것은 고불거리는 금빛 머리털을 한 시인이 아니고, 거기에서 이야기되는 말도 세속을 초월한 아름다운 문법의 시구가 아니었다.

저수지를 헤엄치는 물고기는 그물 속에서 빙글빙글 돌고, 거북이와 물새는 다리나 입 중 어느 하나가 묶여 있었다.

물가에서 오가는 말들은 단도직입적인 숫자와 가격 흥정이고, 그것을 토해내는 목은 두껍고, 물고기를 잡는 팔 또한 두꺼웠다.

시장을 오가는 사람들은 이 저수지를 황금의 샘이라 불렀다.

삼각주 위에 세워진 케르베 시장은 저수지를 중심으로 북쪽으로 2백보, 남쪽으로 2백보의 폭에, 길이는 동쪽으로 3백보, 서쪽으로 4백보에 달한다.

그런 넓이는 아득한 옛날부터 정해져 있는 것인지, 삼각주 내에 아직은 시장을 확장할 만한 땅이 충분히 있는 것처럼 보이는데도, 적어도 로렌스가 둘러본 바로는 시장은 확장되지 않은 채 여전했다.

그렇다면 당연히 건물은 땅을 절약하여 세워질 수밖에 없다.

'옆 가게의 계산대가 다 보일 정도'라는 것은 밀집한 상황을 비꼬아서 하는 말이다.

그런 삼각주 위로 로렌스 일행이 올라서자마자 호로는 바로 귀부터 막았다.

약간 농담이 섞여 있긴 했어도, 전혀 연기는 아닐 듯싶었다.

항구도시 케르베에서 가장 큰 이 시장은 언제 와 봐도 믿어지지가 않을 만큼 떠들썩하기 때문이다.

"오늘은 무슨 축제라도 있는 날인가요?"

로렌스가 뱃사공에게 요금을 지불한 뒤 잔교에서 삼각주 위로 올라서자, 먼저 올라와 있던 콜이 어안이 벙벙한 채로 곁에 선 호로에게 물었다.

삼각주에는 세 군데에 선착장이 있는데, 로렌스 일행이 내려선 곳은 삼각주와 강북 사이만 오가는 배가 닿는 곳이다. 따라서 이 삼각주 시장의 명물이라 할 수 있는 좌초된 배로 만든 문 대신, 뭍에 끌어올린 채 방치한 잘린 돌이 있었다.

시장은 바로 그 안쪽에서 시작된다. 어깨와 어깨가 스칠 정도로 사람들이 북적이는데도 누구 하나 앞을 제대로 보지 않은 채 가게 문전을 훑듯이 쳐다보며 걷고 있었다.

"흐음? 이 정도 인파는 보통이지. 난 도시 전체가 이런 상태인 곳에도 가 본 적이 있는걸."

호로는 잘 안다는 표정을 하며, 겉보기에는 콜과 별반 다름없는 가슴을 편다.

"그, 그러시군요…. 저는 사실 번화한 도시는 아켄트 정도밖에 몰라서…."

"음. 아니, 뭐. 젊을 때는 모르는 게 더 많은 법이지. 차츰차츰 보고 공부하면 돼."

"맞는 말이야. 하기는 너도 나랑 처음 강변의 도시에 갔을 때 콜이랑 똑같은 말을 나한테 했을 정도였으니까."

로렌스는 뒤에서 호로의 머리 위에 손을 얹으며 한마디 했다.

호로가 파슬로에 마을에서 몇 백 년 동안 머무는 사이에 세상은 신조차 나이를 먹을 만큼 달라졌다. 세상물정을 모르는 것으로 따지면 호로가 더 심하리라.

그러나 으스대고 싶어 하는 정도도 그에 못지않다.

머리 위에 얹힌 로렌스의 손을 성가신 듯 털어낸 뒤, 호로는 위협하는 눈빛을 보내왔다.

"소갈딱지 하고는. 나보다 아는 게 많다고 자랑할 수 있어서 꽤나 기쁘겠어?"

"그 말 그대로 돌려주지. 네가 갔다는 큰 도시라고 해봐야 뤼빈하이겐 정도밖에 더 있어?"

호로는 턱을 뒤로 쭉 빼더니 볼이 뿌루퉁해진다.

콜은 약간 안절부절못하겠는 모양이지만, 이것은 아주 노골적인 호로의 '놀아 줘' 몸짓이다.

"당신은 일용할 양식조차 끈질기게 절약을 외쳐대는 행상인 님이시니까. 매인 몸인 나는 여기저기 돌아다니며 구경을 할 수가 없잖아? 그게 아니면 당신이 나를 여기저기 데리고 다녀 줄 거야?"

지금까지 여행해 온 모든 것을 시험하는 듯한, 하나라도 해석을 잘못했다가는 엉덩이를 걷어차일 만큼 함축적이고 복잡한 말이다.

콜은 어디까지가 농담인지 알 수가 없는지, 불안한 표정을 감추지 못했다.

물론 로렌스와 호로는 그런 콜을 관객 삼아 무대 위에 올라가 있는 셈.

그러니 로렌스는 공손히, 그러면서도 또렷이 대답해 준다.

"상인은 모든 것을 돈으로 해결하니, 돈이 들지 않는 것이라면 얼마든지 협력해 드립지요."

"예를 들면 어떤 경우에?"

그렇게 되물으며 호로는 웬일로 후드 속에서 반쯤 웃고 있다.

자신의 연기가 하도 바보 같아서 못 참겠는가 보다.

"예를 들면? 글쎄…."

하며 로렌스가 잠시 머리를 굴리자, 호로는 애가 타는 듯이 로렌스를 탁 때리더니 옷을 잡아끌었다.

"그럼 '잠자리에서 이야기를 들려줄래?' 라고 남 앞에서 얘기를 하게 만들 셈이야?"

자기가 다 얘기했네, 라고는 대꾸하지 않는다.

싸우는 줄 알았는데 별안간 분위기가 바뀌자, 콜은 다소 얼굴을 붉힌 채 마른침을 삼키며 둘의 대화를 지켜보고 있다.

로렌스는 배우라는 직업도 나쁘지 않겠다 싶었다.

"잠자리에서 이야기를 들려주는 거야 확실히 돈이 들지 않지만, 내가 널 침대로 옮겨 줄 때는 여지없이 취해 있으니 말이야."

그 말에 호로는 로렌스에게서 슬쩍 떨어지더니 짓궂은 웃음을 지었다.

무슨 소리를 할지 잘 안다.

그래서 로렌스는 한 방 먹었다는 표정을 지을 수 있도록 마음의 준비를 했다.

"어쩔 수 없잖아? 당신의 이야기는 맨정신으로는 도저히 들을 수 없을 만큼 엄청나니까."

이렇게 늘 하는 대화에도 뻔뻔스레 연기를 할 수 있을 만큼 되었으니, 많이 컸다고 칭찬을 받고 싶을 정도다.

"자, 그럼 어서 빨리 둘러볼까?"

한바탕 놀고 나니 만족했는지, 호로는 팔을 걷어붙이는 대신 혀를 핥으며 그렇게 말했다.

둘러보는 것은 시장의 풍경이 아니라 거기에 늘어선 음식의 맛이겠지.

갓 잡은 닭을 방금 전에 배불리 먹었으면서 벌써 배가 고픈 모양이다.

"어, 어어—. 이곳은 무엇이 명물일까요?"

눈앞이 핑핑 돌 만큼 바뀌는 허허실실의 대화를 채 따라오지 못하는 듯했던 콜이, 그래도 마음을 쓰듯 호로에게 그렇게 물었다.

"윽. 그러니까 꼭 내가 먹을 것만 밝히는 것처럼 들리잖아."

"예? 아, 아니요. 그런 뜻이 아니라…"

짓궂은 웃음으로 콜을 놀리는 호로의 로브를 들추면 꼬리가 파닥파닥 대고 있으리라. 호로에게 놀림을 당해 입을 우물대고 있는 콜의 말 같은 것은 귀에 들어오지도 않는 것이다.

혼자서 재빨리 걸어가더니, 문 대신 방치되어 있는 돌을 지나 멈춰 선 뒤 돌아보았다.

"빨리 와!"

떠들썩한 시장통이라 해도 소녀의 맑은 목소리가 섞이면 다소 주의를 끌게 마련이다.

돌 위에 앉아 뭔가를 쓰고 있던 상인이 호로에게 힐끗 시선을 던졌다가 한순간 석판 위의 손이 흐트러졌다. 호리호리한 몸에 금욕적인 얼굴은, 역설적이게도 돈벌이를 위해 절제를 하고 있다는 것을 한눈에 느끼게 했다. 모든 욕구를 끊은 은자가 되기에는 너무도 욕망이 크다.

호로의 시선 끝을 쫓다 로렌스를 바라보게 됐을 때의 눈빛은, 적어도 호의적인 것은 아니었다.

그럼에도 상인은 흥미 없다는 투로 이내 손끝의 석판으로 시선을 떨어뜨린 뒤 다시 뭔가를 쓰기 시작했으나, 시선이 석판 위를 방황하고 있는 것이 여실히 느껴져 로렌스는 쓴웃음을 감추느라 안간힘을 써야 했다.

"뭘 멍하니 섰어?! 어서 빨리—."

하며, 자신에게 향해진 시선의 의미를 아는지 모르는지 로브 밑으로 꼬리 끝이 삐죽 내보일 만큼 안달을 하던 호로가 버럭 소리를 지르다 말고 돌연 입을 다물었다.

"——?"

아무리 호로의 연기가 뛰어나다 해도 계속 지켜보다 보면 대개는 꿰뚫어 볼 수 있게 마련이다.

그런데 이번에는 도저히 연기라고 여겨지지 않아, 방금 전의 젊은 상인이 그랬듯이 호로의 시선 끝을 쫓았다.

그리고 눈에 들어온 것은.

마찬가지로 뒤를 돌아본 호로가 입을 손으로 가리며 훔쳐보듯 이쪽을 쳐다보는 것이 느껴졌다.

호로의 시선 끝에는 지금 막 배에서 내린 낯익은 상인의 모습이 있었다.

"웅? 이런….”

여전한 차림에 자칫하면 졸린 것처럼 보이는 반쯤 뜬 눈꺼풀 밑으로, 이 세상을 모조리 화폐의 매수로 헤아려 보이고야 말겠다는 대담한 자신감이 엿보이는 시선이 이쪽을 쳐다보고 있었다.

그러나 그렇게 둔하게 놀란 모습은 에이브의 일류급 연기가 아니라 아마도 정말로 놀랐던 것이리라.

에이브의 주위에는 차림새도 근사하거니와 풍채도 좋은 남자 둘과, 차림새는 근사하나 눈매가 사나운 남자 둘이 따르고 있었으니, 이 만남은 우연인 것이 틀림없다.

돌 위에 앉아 뭔가 장삿거리를 생각하고 있었던 듯한 젊은 상인은 에이브 일행을 보자 허겁지겁 일어나더니 도망치듯 시장 안으로 종종걸음을 쳤다.

중개인을 기다리고 있는지, 물고기가 든 바구니 옆에서 한가로이 있던 나이 많은 어부는 바다에서 정령님을 만나기라도 한 것처럼 공손히 머리를 숙였다.

에이브 주위에 있는 남자들은 젊은 상인과 어부의 행동이 지극히 당연한 것이지 오히려 이상한 것은 로렌스라는 식으로, 가차 없이 로렌스 일행을 쳐다보며 값을 매기고 있었다.

그리고는 이내 별 볼일 없는 잔챙이라는 듯이 슬쩍 코로 한숨을 짓는다.

저 애송이가 뭘 어쨌게? 하는 듯한 얼굴로 에이브를 돌아보았다.

"남쪽으로 갔을 줄 알았는데…. 관광이 먼저인가?"

뱃삯은 네 남자 중 가장 젊은 남자가 일괄 계산했다.

에이브는 그쪽을 한 번도 돌아보지 않은 채 로렌스를 향해 즐거운 듯이 말했다.

시선을 돌린 적이 있다면, 줄곧 적의로 가득한 눈빛을 보내오고 있는 호로 쪽으로 한순간.

주위에 선 남자들은 로렌스 일행을 쳐다보면서 서로 귀엣말을 하고 있다.

"예에, 잠시 개점휴업입니다. 상처가 아직 좀 쑤셔서요."

호로의 시선이 뒤통수가 아리도록 느껴지기 때문에 로렌스는 약간 싫은 소리를 섞어 둔다.

에이브도 그 점은 틀림없이 헤아려 줄 것이다.

눈을 약간 가늘게 뜨더니 오른손을 들어 남자들에게 두어 가지 지시를 내렸다.

그러자 풍채 좋은 두 남자는 웃으면서, 눈매가 사나운 두 남자는 무시하듯이 로렌스 일행의 곁을 지나 시장 안으로 들어갔다.

성경에 나오는 전설처럼, 그들이 걸어 들어가자 인파가 좌우로 갈라지는 느낌이었다.

필시 이 도시의 유력자들인 것이리라.

그들과 자리를 바꾸듯 호로가 이쪽으로 다가왔다.

"나는 휴양 중이라고 하는데도 굳이 끌어내서 말이지. 저 사람들은 강북 쪽 케르베의 유력자들이야."

"상인인가요?"

로렌스가 묻자 에이브는 머리를 가로저었다.

"저 자들은 물품 매매에는 관여하지 않아. 그러나 돈 계산만큼은 특기 중의 특기지."

에이브의 눈에 혐오의 빛이 떠오르는 것을 보자 그들이 어떤 신분인지 단숨에 이해가 됐다. 이 도시에서 특별한 권리를 쥐고 있는 자들일 것이다.

땅을 갖고 있거나 혹은 어업권, 관세징수권 등의 권리를 갖고 있거나. 적어도 의자에 거만하게 앉아 있는 것만으로도 돈이 굴러들어오는 세계의 사람들인 것만큼은 확실한 듯하다.

그런 그들이 에이브의 앞에서 다소나마 허리를 굽히고 있었다는 것은 에이브의 이용가치를 알고 있기 때문일까.

또는 힘은 있어도 귀족의 호칭은 갖고 있지 못하기 때문일까.

거기까지는 알 수 없었으나 꽤 재미있을 듯한 냄새는 났다.

"궁금하면 황금의 샘으로 와 보든지. 그럼 나는 이만 실례."

에이브는 떠나가면서 호로를 슬쩍 쳐다보았다.

그 모습은 순식간에 시장의 인파 속에 섞여 보이지 않게 되었다.

인파 속에서 눈에 띄는 것도, 눈에 띄지 않는 것도 재주라는 느낌이다.

로렌스는 잠시 감탄하며 그 뒷모습을 지켜보고 있다가 호로에게 발을 걷어차여 퍼뜩 정신을 차렸다.

"나를 앞에 두고 다른 암컷을 쳐다보다니, 배짱 한 번 좋다?"

언제 어디선가 들어 본 적이 있는 대사였으나, 로렌스는 제대로 대꾸하지 못한 채 어깨만 으쓱했다.

"그럼 이제부터는 계속해서 너만 바라볼까?"

로렌스가 그렇게 받아치며 장난기 가득하게 얼굴을 바싹 갖다 대자, 호로의 볼이 있는 대로 부푼다.

그리고는 부루퉁한 얼굴을 한 채 혼자서 시장 쪽으로 걸어가 버렸다.

"아, 호로 씨!"

콜은 호로를 반사적으로 쫓아가려 하다가 멈칫 한다.

"아, 저기."

"응?"

"쫓아가지 않으셔도 됩니까?"

라는 것은 물론 호로를 쫓아가지 않느냐는 뜻이다.

콜이 걸음을 멈춘 것은 그것은 로렌스의 역할이지 자신이 취해 서는 안 될 것이라는 생각이 들었기 때문이리라.

"나는 안 가. 호로는 네가 와 주기를 바라고 있을 테니까."

"그럴 리가."

"없다고 생각해?"

그런 뒤 콜의 머리를 가볍게 흐트러뜨렸다.

손을 떼어도 콜은 흐트러진 머리카락을 정리할 기색이 전혀 없다.

무슨 뜻인지 연구를 하느라 바빠서 그럴 계제가 아닌 모양이다.

"네 머리가 좋다는 건 인정한다만, 잠깐 생각해서 방금 전 대화의 답을 끌어낸다면 내가 설 자리가 없다."

로렌스는 웃으며 콜의 머리카락을 가볍게 바로잡아 주었다.

"저 녀석이 화를 내고 있는 건 사실이다. 하지만 나랑 싸우는 것처럼 한 건 가짜야."

그런 뒤, 허리에 차고 있는 가죽 주머니에 손을 넣어 트레니 은화 한 냥을 꺼냈다.

그것을 콜의 코앞에 내밀었다.

"이 정도면 충분히 먹고 마시고도 남을 거야. 호로가 술을 너무많이 마시지 않게만 조심해 주렴."

"……."

로렌스가 호로를 쫓아가지 않는 이유를 알 수가 없는지, 콜은은화를 받아들면서도 정말 이상하다는 표정을 지었다.

"저 녀석은 내 마음속을 정말로 훤히 다 들여다보거든. 에이브의 말에 마음이 끌려 있는 것을 안 거야. 하지만 자기는 에이브가질색이라 꼴도 보기 싫고."

콜은 '그래서요?' 하는 얼굴이었으나, 로렌스는 그 이상은 설명하지 않은 채 콜의 등을 밀었다.

알고 싶으면 호로에게 물어보라는 말을 덧붙여서.

콜은 잠시 주저했으나 영특한 소년이니 시키는 대로 움직였다.

인파 속에 섞여도 호로가 먼저 콜을 찾아낼 것이다.

"자, 그럼."

에이브는 황금의 샘으로 오면 알 수 있다고 했다.

그 말의 의미는 로렌스도 이해가 갔다.

항구도시 케르베에서는 도시를 둘러싼 중요한 회의는 이곳 황금의 샘 옆에서 열리는 것으로 정해져 있다.

강북에서 회의를 했다가는 강북 사람들이, 강남에서 회의를 했다가는 강남 사람들이 저마다 어느 한쪽을 유리하게 만들 수 있기 때문에 취한 조치이리라.

도시의 유력자와 몰락귀족이자 장래 대상인이 될 것으로 보이는 여자가 그런 장소로 간다면 웬만한 상인들과 이름 있는 자들은 다들 그곳으로 가고 싶어 할 게 뻔하다.

그 어떤 즐거움이 이것을 당할 수가 있으랴.

물론 호로의 수완이라면 로렌스의 목덜미를 붙잡아 자기 쪽으로 돌려세우는 것쯤은 쉽겠지만, 현명한 늑대는 그로 인한 손실을 잘 알고 있다.

그런 짓을 할 바에야 자신이 뒤로 물러나 로렌스에게서 뭔가를 끌어내는 편이 낫다.

로렌스는 그 거래에 응했다.

그러면서도 앞머리를 덥석 잡은 것은, '이런 식의 거래라면 나도 호로의 마음속을 손쉽게 읽을 수 있을 텐데.' 하는 자조의 뜻에서다.

호로도 기가 막힐 것이다.

"구경하는 값이 트레니 은화 한 냥인가."

팔짱을 끼며 고개를 외로 꼰다. 약간 호기가 지나쳐서 너무 많이 준 게 아닌지 반성한다.

하지만, 그런 만큼 불평은 없겠지.

로렌스는 걸음을 떼어 오랜만에 찾은 시장 안으로 섞여 들어갔다.

스스로 생각해도 잘 녹아들었다 싶다.

뒤에 남은 것은 개미떼처럼 북적이는 시장의 혼잡뿐이었다.

시장 안은 약간 별천지다.

진실인지 거짓인지, 삼각주 위에 있는 이 시장은 모래밭에 박힌 무수한 말뚝 위에 세워져 있다고 한다.

그리고 말뚝 위에 올라타 있는 시장이 강에 쓸려 떠내려가지 않도록 대부분의 건물이 석조로 되어 있다는 것이다. 나무로 지으면 못이 순식간에 녹이 슬어 부러지기 쉬워지므로 그 점에서는 이해가 되지만, 모래 위에 석조 건물을 올려놓으면 가라앉는 건 아닌지 걱정이 된다.

물론 지금까지 그런 이야기는 들은 적이 없으므로 아마도 괜찮은 것이리라.

또한 그런 상황이라 석조건물 사이로 바람에 실려 온 모래가 쌓여 있는 탓에 시장은 머나먼 남녘의 사막 왕국을 연상시켰다.

바람결에 들려오는 말들도 각양각색인 시장 안을 지나, 헤매는 법 없이 곧장 황금의 샘에 다다랐다.

샘을 둘러싸는 형태로 원형의 광장이 있고, 거기에서 동서남북 사방으로 길이 뻗어 있다.

또한, 샘의 한복판에는 이 샘의 중심을 나타내는 긴 말뚝 하나가 박혀 있다.

무슨 부적인지 말라비틀어진 거무스름한 물고기 세 마리가 매달려 있는 말뚝의 꼭대기에, 지금은 바닷새 한 마리가 앉아 있었다.

물가 한쪽에 세 벌의 테이블과 의자가 준비되어 있으면서, 그 주위로 가죽 흉갑을 한 채 자신의 키의 배는 될 듯이 자루가 긴 창을 든 병사 세 명이 서 있다.

빙 둘러보니 샘을 에워싸듯 세워진 여관과 여인숙의 2층 창문이 모조리 열려 있다. 얼굴을 내밀고 있는 것은 하나같이 차림새가 훌륭한 상인들, 개중에는 여자를 데리고 있는 자들도 있는 것을 보니 소소한 오락거리인 셈이리라.

로렌스는 물론 여관에서 느긋하게 관전을 할 수 있을 만큼 유복한 처지가 아닌지라, 때는 이때다 하여 장사에 열심인 노점상에서 맥주를 산 뒤 테이블에서 오가는 대화가 충분히 들릴 만한 거리에 적당히 자리를 잡았다.

에이브의 모습은 눈에 띄지 않으나, 이미 의자에는 대번에 구별이 가는 차림을 한 자들이 앉아 자기 진영들끼리 귀엣말을 하고 있었다.

그런데 이번 의제는 뭡니까? 하고 굳이 누군가에게 물어볼 필요도 없다.

오락거리를 앞에 둔 상인만큼 입이 가벼운 자도 없으니까.

돈벌이 건수에는 입이 무거운 상인도 소문을 앞에 두고는 혀가 미끄러진다. 옆에서 독한 증류주를 한 손에 든 채 큰 소리로 떠들고 있는 상인들의 대화에 귀를 기울이는 것만으로도 충분히 파악이 되었다.

선박으로 여행을 하는 도중에 들른 상인인지 몹시 취한 탓에 혀 꼬부라진 소리를 냈으나, 요약을 하자면 이 삼각주 위의 시장을 확장할 것인지 말 것인지를 의논하는 모양이었다.

로렌스가 지난번에 왔을 때도 같은 이야기를 들었는데, 어쩌면 자주 논의되는 문제인지도 모른다.

간단히 생각하면, 삼각주 위에 시장을 확장하면 그만큼 상인과 상품이 많이 오가게 되고, 도시에 떨어지는 세금도 늘어나게 되니 딱히 의논을 할 것도 없이 의견일치를 볼 만도 하다.

물론 그리 간단한 문제가 아니니 종종 논의를 하고 있는 것일 텐데, 그런 경우에는 대개 권력자들 간의 이해관계가 대립하고 있기 때문이다.

로렌스는 맥주를 입에 대면서 '자, 어떤 욕망으로 범벅이 된 연극이 펼쳐지게 될 것인가.' 하고 조금 짓궂은 기분으로 테이블에 앉은 자들을 바라보고 있었다.

그러다 문득 뭔가가 시선을 잡아끌었다 싶었는데, 그것은 마침 말뚝 위에 앉아 있던 바닷새가 날아오른 바로 그 순간이었다.

그 직후였는지 아니면 그 직전이었는지, 날카로운 종소리가 시장 안에 울려 퍼지자 주위의 소란이 썰물처럼 가라앉았다.

저수지변에 준비된 의자와 테이블 쪽을 쳐다보니, 이야기를 나누고 있던 참가자들이 다들 일어나 서로에게 오른손을 내밀면서 회의 개시를 선언하고 있는 참이었다.

"위대한 강의 정령, 롬의 이름으로!"

그리고 그들이 자리에 앉자 세 명의 병사가 하늘을 향해 창을 세 번 휘둘렀다.

마치 옛 제국의 현인회(賢人會)를 방불케 할 만큼 격식을 차린 개막식인데, 회의에 권위를 부여하기 위해서 이 정도는 필요한지도 모른다.

저런 것을 보면 과거에 여러 차례 회의의 권위를 위협받은 적이 있었으리라는 예측이 선다.

도시의 정책 결정기관인 회의에 권위가 없으면 도시는 순식간에 분쟁 상태에 빠지게 된다. 지휘관이 없는 용병집단이나 진배없기 때문이다.

물론 나라를 다스리는 때에도 마찬가지로, 그래서 국왕들은 왕권을 신에게서 부여받았다고 하는 것이다.

로렌스는 맥주를 입에 댄 뒤 비꼬는 듯한 웃음을 입가에 지으며 "어디든 큰일이로군."하며 솔직한 소감을 중얼거리지 않을 수가 없었다.

"역시 그런 것 같지?"

그러니 혼잣말에 그렇게 느닷없이 맞장구를 치는 바람에 하마터면 맥주를 뿜을 뻔했다.

당황하여 목소리가 난 쪽을 돌아보자, 회의석에 모습이 보이지 않았던 에이브다.

"그렇게 당황하다니, 뭐 숨기는 거라도 있나?"

얼굴에 두른 천 밑으로 눈이 담담하게 웃고 있었다.

"…상인은 비밀과 함께 금화를 지갑 속에 넣어 두니까요."

"할 수만 있다면 무덤 속까지 가져가고 싶은데 말이야."

"예에, 그러게요."

로렌스가 과장되게 어깨를 으쓱하자, 에이브는 마을 아가씨처럼 해맑게 웃었다.

"그런데 저 같은 시정 행상인에게 무슨 용건이십니까?"

"말했잖아? 난 당신에게 목을 졸린 것을 평생 잊지 않겠다고."

그런 소리를 들으면 괴롭다.

하지만 아무리 위대한 장군도 어린 시절에는 누군가와 싸워서 울음을 터뜨린 적이 있는 법이다.

"저쪽 자리에 앉아 계실 줄 알았는데요?"

"저 의식에? 뭔가 얻을 게 있다면 나도 조금은 신인지 뭔지를 믿고 있겠지."

에이브는 그렇게 말한 뒤 가느다랗게 뜬 눈을 물가 쪽으로 돌렸다.

로렌스는 그런 에이브의 옆얼굴을 빤히 쳐다보았으나, 그 진의를 영 알 수가 없었다.

꽤 말이 많은 것은 기분이 좋아서인지 나빠서인지.

만약 에이브가 호로와 같은 늑대라면, 아마도 후자 쪽일 거라고 속으로 중얼거려 둔다.

저수지변에서는 커다란 헛기침 소리가 들리더니 이어서 격식을 차린 의제 선언이 행해졌다.

"회의 시작됐습니다."

바로 옆에서 증류주를 마시며 떠들고 있던 상인들의 말대로, 선언의 내용은 삼각주 위에 있는 시장을 확대하는 문제에 관한 것이었다.

그 선언을 행하고 있는 것은 에이브와 함께 같은 배에서 내린 차림새 좋은 남자로, 사람들 앞에서 연설을 하는 것이 익숙해 보인다.

"촌극이라고까지는 안 하겠지만, 언제든 회의의 결론은 회의장 바깥에서 얻어진다고 생각지 않아?"

에이브의 말에 로렌스가 한순간 대답을 주춤한 것은 질투에 가까운 감정이 방해를 했기 때문이다.

"…그럼, 에이브 씨는 말뚝 밑의 작업을 일임 받으셨다는 말씀이신지?"

로렌스의 감정을 알아챘는지 어땠는지.

에이브는 어깨를 으쓱한 뒤 한숨을 지었다.

"사실대로 말하자면."

"그런 에이브 씨가 제 곁에서 잡담을 하고 있는 이유가 궁금합니다만."

말을 해 놓고 보니 필요 이상으로 질투가 섞였나 싶었으나, 이 정도로 어깃장을 놓는 것쯤은 허용되겠거니 하고 생각을 고쳐먹는다.

어느 도시의 유력자에게 신뢰를 얻는다는 것은 부평초 같은 행상인에게는 눈이 부실 정도의 영광이기 때문이다.

그러나 자신의 말에 에이브가 순간 멍한 표정을 지은 것에는 약간 놀랐다.

그렇게 놀랄 만한 말이었나? 하는 생각을 한 직후, 에이브는 다시금 시선을 회의장 쪽으로 돌렸다.

거기에서는 강북과 강남의 대표자로 보이는 자들끼리 말을 응수하고 있었으나, 보기보다 패기가 느껴지지 않는 것이 어딘지 모르게 우스꽝스럽기조차 했다.

로렌스가 그쪽에서 다시 시선을 거둔 것은 에이브 역시 시선을 거둔 한 박자 뒤.

에이브를 쳐다보니 콜을 바라볼 때와 같은 웃음.

로렌스는 그렇게 생각했다가 '아니, 그게 아니다.' 라고 생각했다.

저 웃음은 모피와 목재의 도시 레노스에서 서로 죽기 살기로 싸웠을 때 보였던 것이다.

"솔직하게 비꼬아 줘서 고마워, 라고 말하면 웃으려나?"

방금 전 에이브가 회의장 쪽에 시선을 준 이유를 알았다.

늑대라 불리는 무리는 죄다 솔직하지 않은가 보다.

"예에, 크게 웃지요."

상인과 상인은 어디까지나 본심을 감춘 채 자신의 이익을 끌어내기 위해 서로 속고 속이며 세월을 보낸다.

그것은 본능이나 다름없다. 그러니 원래 같으면, 로렌스는 그런 정신을 살려 에이브의 사고를 파악한 뒤, 말뚝 밑에서 벌어지는 일에 한몫 낄 수 있도록 끌고 가는 것이 제대로 된 행동이다. 어깃장을 놓는 것은 둘째 문제다. 그것을 겉으로 드러내다니 당치도

않다.

하지만 상인이 아는 사람들은 상인들뿐이고, 이익을 내는 상인 주변에 있는 인간들은 하나같이 본심을 감춘 채 그 상인의 눈치만 살핀다.

그리고 그런 전설의 용자도 때로는 휴식이란 것이 필요한 법이다.

그런 까닭에 이 늑대에게는 로렌스가 별 뜻 없이 질투심을 겉으로 드러낸 것이 오히려 반가웠던 것이리라.

에이브는 자조를 하듯이 고개를 숙이며 시선을 떨어뜨렸다. 그리고 다시 고개를 들었을 때의 눈빛은 눈 녹인 물로 씻은 듯이 맑았다.

"당신을 발견해서 말을 건 게 잘한 일이었네. 솔직히 저 자들이 말을 시켜서 우울해 죽을 지경이었거든."

에이브는 진저리가 난다는 듯이 회의장을 가리켰다.

"돈이 안 되니까?"

로렌스가 묻자 에이브는 얼굴에 천을 감고 있음에도 알 수 있을 만큼 입술을 뒤틀었다.

그런 뒤, 손을 뻗어 로렌스의 손에 들린 맥주를 빼앗았다.

"레노스와 롬강에서 불장난을 한 내가, 이곳에 들어온 것만으로도 일단 안심하며 한숨 돌릴 수 있는 이유 중 하나니까."

정치적인 후원자. 또는 지방 영주 정도로는 체포권이 미치지 않을 만큼 재력을 가진 투자자인지도 모른다.

어느 쪽이든 에이브와 대등한 입장은 아닐 것이다.

홀로 서서 홀로 가는 것을 자랑하는 행상인에게도 그런 종류의 인물들은 있다.

몰락했다고는 해도 귀족의 칭호를 갖고 있으면서 밑바닥에서 기어 올라온 에이브에게는, 곁에서 보기에는 알 수 없는 인간관계가 무수히 얽혀 있는 게 분명했다.

시장 입구에서 만났을 때 그들은 에이브에게 경의를 표하는 듯했으나, 에이브의 입장에서는 그렇게 단순한 일은 아닌지도 모른다는 생각이 들었다.

"나는 저 자들의 경호원 같은 것이거든. 얼토당토않은 명령을 받는다고. 당신, 이 시장이 생겨나게 된 경위— 알아?"

그런 식으로 물어오니 로렌스는 괜한 허세를 부리지 않은 채 솔직히 고개를 가로저었다.

"몇 십 년쯤 전에 이 시장을 만들었을 때, 그 이야기를 먼저 꺼낸 것은 강북과의 무역 거점이 필요했던 강남의 상인이었지. 당연히 상인들은 삼각주를 매입해서 그 위에 시장을 짓고 싶다고 지주들에게 청을 했지. 그러나 약간 지혜가 모자랐던 지주들은 땅을 팔았다가는 큰 손해를 볼 거라는 생각에 자기네들이 시장을 건설하겠노라고 큰소리를 쳤어. 막대한 빚을 지면서까지."

"지주는 강북 사람, 돈을 빌려 준 것은 강남 상인."

에이브는 얼굴에 두르고 있던 천을 약간 내려 맥주를 두 모금 마신 뒤 잔을 다시 돌려주었다.

"그렇지. 저기 있는 자들은 돈을 빌린 쪽과 빌려 준 쪽의 아들들이야. 돈을 빌린 지주 쪽은 땅을 고수하여 매년 막대한 금액의 토지 사용료를 거둬들이게 된 대신, 그에 상응하는 빚의 이자를 내야만 하게 된 거지. 물론 그 점에 안달복달이 난 지주들은 필사적으로 해결책을 찾으려 했다."

"하지만 찾을 수가 없었다."

에이브는 고개를 끄덕였다. 그런 뒤 눈빛이 사람의 목숨조차 은화의 개수로 헤아릴 싸늘한 것으로 바뀐다.

"그럼 저 2세들은 그 다음에는 뭘 찾을까? 답은 간단해. 화풀이할 상대지."

"골치 아픈 일을 떠넘겨서?"

이제 에이브의 얼굴은 고요한 호수의 수면처럼 미동조차 하지 않았다.

에이브는 확실히 대상인으로 클 만한 존재였으나, 지금은 아직 돈을 약간 가진 상인에 지나지 않는다.

이용을 하는 쪽이 아니라 당하는 쪽.

에이브는 누구나가 불가능하리라는 것을 아는, 시장을 둘러싼 강북과 강남의 문제를 뒤엎으라는 명령을 받은 것이다.

그것도 실질적인 해결을 기대하고 있는 것이 아니라, 해결하지 못한 것을 문책하며 자신들의 화를 풀기 위한 가엾은 어린양을 만들려는 목적으로.

에이브에게 패한 입장으로서는, 자신보다 강한 상대는 적어도 세상의 승자 정도는 되길 바라게 된다.

"뭐, 불행은 내 전매특허는 아니지만. 레이놀즈네 가게 봤지?"

에이브는 천연덕스럽게 말했다. 에이브의 강인함이 로렌스의 강인함과는 다른 종류인 것은, 헤엄쳐 온 바다의 종류가 다르기 때문이리라.

"예에…. 의외로 궁상맞더군요."

"큭큭. 좀 빙 둘러서 말해. 하지만 여기가 바로 그런 곳이야. 동화의 수출을 쥐고 있는 곳조차 권력자에게 이익을 빨리는 곳이지."

돈이 아니라 권력만 가치가 있는 곳만큼 비참한 곳은 없다.

싸움을 했다간 손해가 나니 부자는 몸을 사린다는 말은 세상의 진실이다.

"뭐, 당신한테 폐를 끼쳐서는 안 될 테니, 나는 가서 얘기 좀 하고 오지."

맥주 잘 마셨어, 라는 말을 덧붙인 뒤 에이브는 자리를 떠났다.

로렌스는 무심코 그 등에 대고 말했다.

"늑대 뼈에 관한 이야기… 무사히 잘 들었습니다."

에이브는 돌아보기는 했으나 표정의 변화를 보이지 않은 채 그대로 앞으로 몸을 돌린 뒤 걸어갔다.

하지만 얼굴에 두른 천 밑으로 어렴풋이 웃었다 싶었는데, 틀린 생각은 아니었을 것이다.

방금 전 에이브의 몸짓은 일부러 그런 것 같았다.

말을 걸어 줬으면 하고 바라는, 그런 느낌이 들었다.

로렌스는 다른 상인들처럼 회의장 쪽을 쳐다보는 게 아니라, 내내 에이브의 뒷모습을 지켜보았다.

이윽고 에이브는 인파에서 떨어진 곳에 모여 있는 깐깐해 보이는 상인들에게 말을 걸었다.

복장에서 볼 때 강남 상인들이리라.

에이브가 강북의 그것이듯이, 저들은 강남 쪽 전주(錢主)들의 경호원임이 분명하다.

아마도 이름과 소속을 들으면 로렌스는 저들 쪽에 보다 더 친근감을 느끼게 될 테지만, 속으로 응원하고 있는 것은 에이브 쪽이었다.

모피와 목재의 도시 레노스에서는 에이브의 용의주도함과 목숨을 내놓는 것조차 불사하는 강인한 의지를 목격했고, 롬강에서는 목적 달성을 위해 수단과 방법을 가리지 않는 철저함에 머리가 숙여졌었다.

그것은 관점을 달리하면 쓸모가 있다는 뜻이다.

물론 에이브는 이용을 당하는 대신 자신도 이용할 것이리라.

교회권력과 깊이 관여했던 레노스와 유력자로서 면식이 있는 이곳 케르베를 깨끗이 뒤로 한 채 모피와 함께 남쪽으로 더 내려가려는 에이브의 생각도 이해가 될 것 같았다.

혈혈단신 칼 한 자루를 찬 채 세상을 헤쳐 나가는 엄청난 영웅이 아니라, 때로는 진흙탕도 마셔야 하는 지극히 평범한 보통 상인인 것이다.

상인은 결코 세상의 주역이 되지 못한다는 것이 위대한 상인의 말이다.

곁에 호로가 없어서 다행이라는 생각이 든 것은 그로부터 잠시 후.

그리고 포도주가 아니라 맥주를 마시길 잘했다 싶은 것은 잔 속을 들여다본 뒤였다.

틀림없이 지금 자신의 얼굴은 한심하기 짝이 없으리라.

호로는 교회가 포교를 위해 늑대신의 뼈를 함부로 이용할지도 모른다는 것에 분노했으나, 그런 일은 흔한 이야기일지 모른다.

진 상회의 레이놀즈 말마따나, 아름다운 기억만 무덤 속으로 가져가면 얼마나 좋겠는가.

로렌스는 속으로 그렇게 중얼거린 후, 여전히 여봐란 듯한 대화만 주고받고 있는 회의장 쪽을 바라보며 씁쓸한 한숨을 맥주와 함께 되삼켰다.

삼각주 위에 선 시장에 대한 이야기를 처음 들으면, 광활한 세계의 축소판이 아닌가 싶을 만큼 이곳저곳 각 나라의 상품들이 모여들고, 이곳에 부는 바람에는 수십여 개국의 언어가 뒤섞여 있는 매력적인 장소라는 상상을 하게 된다.

하지만 보는 것과 듣는 것은 큰 차이가 있다는 말을 무시할 수 없을 만큼, 실제로 이 시장에 내려선 때의 인상은 아마도 진 상회에 갔을 때와 비슷한 것이리라.

1년에 몇 차례밖에 서지 않는 대시(大市)처럼 하늘을 찌를 듯 물건들이 쌓여 있는 것도 아니고, 장사를 하기 위해 온 이들, 여행을 하는 도중에 들른 이들에게서 푼돈을 우려내기 위해 공연을 하는 자들도 없다.

인파 자체는 터져나갈 듯이 많으나, 늘어선 상점들을 가만히 들여다보면 실제로 상품이 늘어선 곳은 별로 많지 않다. 또한 그 앞에 놓여 있는 것이라고는 평소 생활에 있어서는 도저히 다 쓸 수 없을 만큼 큰 단위로 표시된 상품의 양과 가격이 적힌 나무 표찰뿐, 견본품은 점주에게 말을 걸어야만 볼 수 있다.

이국의 음식물을 맛보려 해도 좁아터진 시장이라 오다가다 가볍게 한잔 걸치며 떠들 수 있는 장소라는 것이 아예 없다. 고작해야 맥주와 포도주를 재서 파는 노점상 정도가 있을 뿐이다.

그리고 장사판에 필요한 것은 활기이지, 혼란과 폭력이 아니다.

그렇기 때문에 술집의 수는 제한되어 있고 거리에 긴 칼을 찬 병사들이 버티고 선 풍경도 흔하다.

그렇다면 로렌스가 갈 만한 장소라 해봐야 얼마 안 된다는 것은, 영특한 인물이라면 그다지 넓지 않은 시장을 한 바퀴 도는 것만으로도 쉽게 알아차릴 것이다.

그러니 로렌스가 상대를 찾아냈다기보다는 상대에게 발견되었다고 표현하는 것이 옳았다.

어차피 호로와 콜은 나름대로 즐기고 있을 것이다 싶어서, 뻔뻔스럽기는 했으나 그 자체는 흥미진진한 권력자들의 촌극을 한바탕 구경한 뒤 로렌스는 두 사람의 모습을 찾아 첫 번째 술집 앞으로 갔다.

머리 위에서 목소리가 들린 것은 문에 막 손을 대려는 찰나였다.

"여기야."

로렌스는 그 자리에서는 대답을 하지 않은 채 어이없는 표정을 지으며 술집 안으로 들어갔다.

　머리 위에서 들린 씩씩한 목소리의 주인이 진을 친 2층의 작은 방에 들어선 직후 로렌스가 한 말은 괜한 비아냥조인 것만은 아니었다.

　"팔자 한 번 좋다?"

　"그런가? 난 당신이 준 은화밖에 안 썼는데?"

　창가에 의자와 테이블이 놓여 있고, 호로는 창틀에 앉아 술을 마시고 있었다.

　길에서 다 보일 텐데도 취해서 그런 건지, 아니면 들키지 않을 자신이 있어서 그런 건지 귀와 꼬리를 드러내 놓았다.

　"트레니 은화 한 냥을 아무런 주저 없이 술 마시는 데 쓴다는 게 어떤 것인지… 조만간 너한테 좀 가르쳐 줘야 할지도 모르겠다."

　바닥에 뒹굴고 있는 작은 통을 주워들어 텅 빈 통의 냄새를 맡은 뒤 로렌스는 한숨을 지었다.

　주량도 대단하고 먹기도 많이 먹는 데다 입까지 고급이니 문제다.

　"콜은?"

　테이블 위에는 고기요리가 담겨 있었던 흔적만 남아 있는 접시가 놓여 있는 것을 보아하니 물건을 사 오라고 심부름을 보낸 것이리라.

　"당신이 짐작한 대로."

　술기운에 몸이 더워서인지 호로는 바깥에서 들어오는 찬바람에 시원한 표정을 짓고 있었다.

"하여간…. 너무 부려먹진 마."

로렌스는 테이블 위의 아직 술이 남아 있는 통을 집어든 뒤, 좁은 방 안에 마련되어 있는 침대에 걸터앉았다.

조잡한 침대지만, 닭 돼지와 같은 취급을 받는 선박여행에서 해방된 이들에게는 왕궁의 천개 달린 침대에 버금간다.

하기야 선창에 꾹꾹 눌려 있다 마침내 뭍으로 올라온 이들이 술을 한 손에 들고 이런 방에 틀어박혀 느긋이 낮잠을 잘 수 있는 평화로운 세상이라면 교회의 설교는 필요치 않다.

물론 호로는 그런 것을 알지 못한 채 빌렸겠지만, 한 번 의식을 하게 되면 영 마음이 진정이 되지 않는다.

"그래서 당신은 무슨 새로운 이야기 좀 잡아 왔어?"

호로는 바깥으로 얼굴을 향한 채, 나무 창틀에 머리를 얹고 눈을 감은 상태로 바람결이 뺨을 쓰다듬는 대로 내맡기고 있다.

그러는 모습이 꼭 바깥에서 들려오는 류트 음색에 귀를 기울이고 있는 것 같기도 하고, 뭔가 생각에 잠겨 있는 것처럼도 보인다.

가만 보니 소리에 맞춰 귀를 가만가만 쫑긋 대니, 아마도 전자이리라.

"그렇게 보여?"

느긋한 한때에는 딱 맞는 달콤한 포도주를 한 모금 마신 뒤 로렌스는 물었다.

"보여. 즐거워 보이는 얼굴이네."

눈을 감고 있건만. 이러니까 더더욱 뭐든 다 꿰뚫어 보는 것 같은 분위기다.

로렌스는 자신의 얼굴을 쓰다듬은 뒤 쓴웃음을 지었다.

"즐거워 보여?"

에이브와 이야기를 하고 난 뒤의 얼굴은 이미 지워지고 없을 자신이 있건만, 귀찮은 듯이 눈을 뜬 뒤 이쪽을 쳐다보는 호로의 눈은 짓궂게 웃고 있었다.

"나한테 거짓말을 하려 들다니, 백 년은 빨라."

설마하니 저수지변에서 나눈 대화가 여기까지 들렸나 하고 생각한 순간, 그렇지 않다는 것을 깨달았다.

슬쩍 떠보기.

로렌스는 이마에 손을 얹으며, 즐거운 듯이 꼬리를 파닥이는 호로의 앞에서 한숨을 지었다.

"뭐, 즐거운 얼굴을 하고 있는 건 정말 느껴졌지만. 이 정도에 걸려들어서야 아직 한참 멀었네."

"…가슴에 새겨 두지."

"그 콩알만한 가슴에 과연 새겨질지 어떨지 의심스럽지만."

호로는 간지러운 듯이 목을 움츠리며 말한 뒤 즐겁게 웃었다.

"…나 원. 그런데 즐거워 보인다는 건 틀렸어. 분명히 말하자면 달콤한 술보다는 독한 술이 당기는 얘기니까."

"흐음?"

호로는 다리를 푼 뒤 자리에서 일어섰다.

조금 휘청대는 것을 보니 꽤 취기가 돈 상태인가 보다.

"이영… 차. 좀 추워졌네."

그런 말을 하며 옆에 앉더니 바싹 다가온다.

가혹한 선박여행에서 해방된 그 순간에 수많은 이들이 잠깐의 만남을 즐기는 장소에서 이런 모습을 취한다면 로렌스 역시 나름대로 갖가지 생각이 들고 만다.

그러나 상대는 호로.

침대 위에 다리를 쭉 뻗더니 로렌스의 등을 지고 기대는 자세로, 꼬리는 자신이 끌어안았다.

약간 맥이 빠진다.

애초에 이런 생각이 들게 하려는 의도였는지도 모르겠지만.

"그래서 당신은 어떤 이야기를 듣고 왔는데?"

이런저런 생각이 드는 로렌스와는 달리, 호로는 평소와 다름없는 모습이었다.

이것은 의식하는 것만으로도 멍청한 일이다.

로렌스는 살짝 한숨을 끼워 넣은 뒤 대답했다.

"이 도시의 어두운 부분이라고나 할까."

"흠."

"요약을 하자면 단순히 돈을 빌려 주고 받은 이야기지만, 액수가 좀 커."

호로는 아침에 잠에서 깨어나 마시는 물처럼 포도주를 꿀꺽꿀꺽 마셨다.

그렇게 독한 술은 아닌가? 조금 말리는 편이 나으려나?

그런 생각에 호로가 들고 있는 통을 향해 손을 뻗으려 한 그 순간.

"방금 술과 함께 얼마만큼의 말을 집어삼켰는지 알아?"

로렌스가 호로 쪽으로 손을 뻗은 직후였기 때문에 호로는 로렌스의 팔 안에 있는 꼴이 된다.

품속에 날카로운 송곳니가 있는 늑대.

"당신 자신과 관계없는 돈 이야기라면 당신은 꼬리를 붕붕 저었을 텐데, 그게 그렇지도 않은 건 왜지?"

호로는 다시금 술을 꿀꺽 마신 뒤 트림 한 번.

그리고 나서 뻗은 그대로 멈춰 있는 로렌스의 손을 잡더니 거기에 술통을 밀어붙였다.

"암여우랑 어떤 얘기를 하고 왔는데?"

호로에게 뭘 숨긴다는 건 불가능한 모양이었다.

로렌스는 호로가 내민 술통을 잡아 입으로 가져간다.

그러자마자 '당했다.' 하고 생각했다.

호로는 팔 안에서 웃고 있다.

술통 안에 든 내용물은 술이 아니라, 필시 콜을 위해 시켰을 벌꿀이 들어간 산양유였다.

이만큼 주도면밀하게 함정을 파 놓았으니, 모조리 실토를 한다 해도 화를 내지는 않겠지.

로렌스는 천천히 말문을 열었다.

"…우리를 있는 대로 이용해 먹었던 에이브가 말이야. 이곳에서는 꼬마계집애 취급을 당하더라."

"흠."

"이곳의 권력자 놈들에게 이용당하는 정도가 아니라 화풀이 도구로 쓰이는 느낌이었어. 레노스에서도 룀강에서도 감탄을 금치 못할 정도였던 상인이었는데, 입장이 뒤바뀌어서 화풀이의 대상이야. 그런 걸 보니까 뭐랄까…."

이 이상의 말을 했다가는 화를 낼지도 모른다 싶었으나, 여기까지 말해 놓고 본심을 감추었다가는 호로가 더 화를 내리라는 생각에 마음을 고쳐먹었다.

한마디를 덧붙였다.

"좀 서운하더라."

호로는 아무 말도 하지 않았다. 돌아보지도 않는다.

침묵이 싫어서 조금 더 말을 이었다.

"에이브 정도 되는 상인도 그러는데. 뒤집어 생각하면… 그럼 그런 자한테 진 나는? 하게 되잖아. 자신을 이긴 상대는… 적어도 세상의 승자 정도는 됐으면 하고 바라기 마련이잖아?"

위에는 또 그 위가 있는 것은 당연한 일이다. 드넓은 세상에서 자신만이 특별한 줄 아는 나이는 진작 넘어섰다. 이런 약한 마음이 드는 것도 몇 년 만이었다.

그러나 그것은 딱히 자신이 나이를 먹었거나 강해져서 그런 건 아니었다.

그런 생각에 고민하며 혼자 침울해 봐야, 홀로 여행하는 행상인의 곁에는 격려를 해줄 사람이 없다는 현실을 잘 알고 있기 때문이다.

하지만 지금은.

로렌스는 자조하듯이 웃었다.

지금은 어이없어하든가, 경멸을 당하든가, 적어도 무슨 반응이 돌아온다.

여태까지는 보고도 못 본 척했던 것을 정면으로 마주하여 더욱 앞으로 나아가기에는 그것만으로도 충분한 원동력이 되었다.

"당신."

"응?"

호로는 잠시 침묵한 뒤 얼굴을 들었다.

"난 당신 이야기를 듣고 두 번 화가 났어."

"…그랬어?"

"하지만, 방금 당신 얼굴을 보고 세 번째로 화가 났어."

"너는 5인분은 먹어치우니까 화를 내는 것도 앞으로 두 번쯤은 더 남았겠지."

로렌스가 농담조로 말하자 호로는 팔꿈치로 옆구리를 찌른 뒤 몸을 일으켰다.

"첫 번째는, 당신 얘기에 당신을 길동무로 삼고 있는 나까지 맥이 빠져 버렸어."

하긴 그럴 만도 하니 그냥 잠자코 있어 둔다.

"두 번째는, 그런 멍청한 일에 풀이 죽다니, 당신은 어린애야?"

"할 말이 없다."

"그리고 마지막 하나는."

호로는 침대 위에 무릎으로 서서 양손을 허리에 떡 얹은 채 로렌스를 내려다보고 있다.

못마땅한 얼굴을 하고 있으나, 어딘지 모르게 그 모습이 얼빠져 보였던 것은 왜일까.

그리고 그것이 기분 탓만은 아니었다는 것을 이내 알게 되었다.

"…그런, 도저히 다 큰 수컷이라고 여겨지지 않게 멍청한 일에 꼬리를 말고 있으면서 그 낯짝은 뭐야…"

"…낯짝?

로렌스가 되묻자 호로는 잠시 머뭇댄 뒤 가만히 고개를 끄덕였다.

"그런 약한 소리나 하는 주제에…"

그런 뒤 호로는 고개를 홱 돌렸다.

"언제든지 혼자 걸어갈 수 있다는 투의 낯짝을 하고 있잖아."

웃어서는 안 된다.

그러나 그렇게 생각했을 때는 이미 늦어서, 술 이외의 뭔가로 볼을 살짝 물들인 호로가 귀를 있는 대로 세운 채 이를 확 드러냈다.

로렌스는 차분히 이렇게 대답했다.

"반대로 혼자서는 못 걷는다는 낯짝을 하고 있었으면 너한테 엄청 깨졌겠지?"

호로는 맘에 안 드는 모양이다.

그래도 잠시 불만스레 신음한 뒤 고개를 끄덕이며 주저앉았다.

꼬리를 좌우로 크게 흔들더니 언짢은 듯한 한숨을 내쉬었다.

"당연하지. 실컷 야단치고 조롱하고, 놀려댔는데도 뒤따라오는 당신을 보면서 희열을 느끼는 거야."

"그건… 좀 사양하고 싶은데."

"멍청이."

호로는 말한다.

로렌스가 그 틈을 타서 손을 빼자 솜털처럼 가볍게 이쪽으로 몸이 쓰러져왔다.

호로가 화를 낸 이유는 물론 안다.

품속의 호로는 여전히 뽀로통한 표정이다.

"잘못했다고 말해야 하나?"

"잘못하는 건 늘 당신이잖아."

"……."

호로는 로렌스의 길동무고, 로렌스는 호로의 길동무다.

어느 한쪽이 아니라 서로가 서로의 버팀목이 되어 주는 것이 이상적이라 할 수 있다.

상대를 화나게 하는 것은 늘 로렌스라도, 항상 화를 내는 것은 호로의 역할이 아니다.

그렇다면— 상당히 이상한 표현이긴 하지만, 로렌스는 용기를 쥐어짜 얼빠진 짓을 해야만 했다.

너의 버팀목이 되어야 한다고.

설령 호로에게 깨지는 한이 있더라도.

"그런데, 이상하다는 생각 안 들어?"

"음?"

품 안의 호로가 고개를 들지 않은 채 되묻는다.

"왜 내가 널 위로하는 듯한 꼴이 된 거지?"

귀가 쫑긋거리며 로렌스의 뺨을 간질인다.

호로는 얼굴을 든 뒤 재미있어 죽겠다는 듯이 짓궂은 웃음을 지으며 이렇게 말했다.

"그게 내 특권이니까."

"참 나…. 하지만 어차피 나는 그런 걸 좋아하니까."

"쿠후."

호로는 웃은 뒤 다시 한 번 바싹 매달려왔다.

하지만, 아무리 로렌스라도 예측이 간다.

"어이, 또 콜을 이용해서 놀릴 작정…?"

로렌스의 말은 그대로 사그라졌다.

"사람은 강하고, 강한 자는 뒤를 돌아보지 않아. 나는 오랜 세월 아무도 돌아봐 주지 않았어. 이제 그런 건 싫어."

울지도, 목이 메지도 않은 채, 호로는 그렇게 또렷이 말했다.

요이츠의 현랑답게, 약한 소리를 내뱉는 것조차 참으로 당당하다 싶었다.

그것이 제아무리 엉뚱한 표현이라 해도 로렌스는 그렇게 생각했다.

그래서 경의의 마음을 담아 작은 머리를 쓰다듬어 주었다.

"내가 겁이 많은 건 너도 잘 알잖아? 늘 쭈뼛쭈뼛 뒤를 돌아봐야 돼. 그러니까 그 점은 걱정 없어."

그러자 호로는 눈물을 훔치는 것처럼 얼굴을 가슴에 밀어붙이면서 머리를 절레절레 흔들었다.

"그건 그것대로 싫어."

이런 순간에도 투정을 잊지 않는 자세에는 경탄을 금치 못한다.

로렌스는 쓴웃음을 지으면서 호로의 귀밑머리 있는 데를 가볍게 쓰다듬어 주었다.

"뭔가를 결정해야 할 때는 너한테 의논해라. 그런 얘기지?"

"나한테 바치는 공물인데, 내 의견도 묻지 않은 채 이랬다저랬다 바뀌는 건 이젠 싫어."

일부러 비근한 예를 들었겠지만, 이래서는 호로에 대한 로렌스의 마음이 공물이라는 얘기가 되고 만다.

"내 마음이 공물인 거냐?"

"기도를 할 때 필요한 거잖아."

그러면서 귀를 쫑긋거리자 로렌스는 웃었다.

로렌스는 이렇게 말했다.

"뭘 기도하는데?"

몸을 약간 일으킨 호로가 짤막하게 대답한다.

"콜이 어서 빨리 돌아오라고."

"…하여간."

분하지만 당해낼 수가 없다.

호로는 웃으면서 눈을 감았다.

그러나 호로가 이토록 알기 쉽게 속마음을 이야기해 주었으니 분명히 중요한 일이다.

하긴, 자신의 머리 너머에서 뭔가가 결정지어지는 것은 장사를 할 때도 가장 싫은 일이다.

호로는 마을에서 풍작을 기원하는 신으로서 지내는 동안 오랜 세월 그런 느낌을 받았을 것이다.

설상가상, 달을 사냥하는 곰과 호로의 고향을 둘러싼 이야기에서도 호로는 소외되어 있었다.

자신과 관련된 일이건만, 자신이 아닌 남의 손에 의해 결정되어 버리는 적막감.

그런 건 이제 지긋지긋하리라.

원래 같으면 로렌스가 먼저 헤아려야 하는 일인데, 그것을 마냥 기다리려니 언제 그럴지 알 수가 없다.

호로에게 물으면 틀림없이 그렇게 대답했을 것이다.

"때를 봐서 당신을 함정에 빠뜨리는 것도 꽤 요령이 필요하거든."

코앞에 있는 호로의 얼굴이 한껏 짓궂은 웃음을 짓더니, 동시에 늑대 귀가 사냥감을 발견한 것처럼 복도 쪽으로 향했다.

그것이 의미하는 바는 명백했으나 현랑은 같은 함정을 다시 팔 만큼 시시한 사냥꾼이 아닌 모양이다.

"날이면 날마다 걸려들 거라고는 생각지 마."

그 말에 호로는 말없이 웃으며 송곳니만 슬쩍 드러낸 뒤 로렌스에게서 재빨리 떨어져 창틀에 걸터앉았다.

로렌스의 입에는 달콤한 꿀맛이 그득하건만, 저렇게 뚝 떨어져 나가니 웃음이 아무래도 쓰다.

그러나 그러자마자 자로 잰 듯이 노크하는 소리가 들린 것을 보면, 또 쉽사리 함정에 걸려들지도 모르겠다.

"오래 기다리셨죠?"

문이 열리자 그 앞에 서 있는 것은 물론 콜이다.

"그래. 기다리다 목 빠질 뻔했잖아. 술은 어디 있어, 술은?"

"음—. 여기에… 아, 선생님 것도 있어요."

"에이, 그런 건 안 사 와도 되는데. 돈 아깝게!"

호로와 콜의 대화에 로렌스는 그만 피식 웃고 만다.

하지만 웃음이 난 가장 큰 이유는, 저렇게 태도와 표정이 싹 바뀐대서야 나 같은 사람은 그야말로 함정에 텀벙 빠져들고 말겠구나 싶어서다.

참으로 무섭다.

너무 무서워서 로렌스는 짭짤한 육포를 골라 씹은 것이었다.

"당신이 듣고 온 그 이야기는 쓸 만한 거야?"

심부름을 시키고도 콜에게 수고했다는 말 한마디 없기에, 대신 로렌스가 말해 두었다.

감탄한 면도 있었다.

콜은 다 떨어진 외투를 용케 주머니처럼 만들어 어깨에 둘러메듯이 쓰고 있는데, 호로가 심술궂게 과도한 양의 술과 음식을 사 오라고 했을 텐데도 어렵지 않게 해냈다.

호로가 칭찬 한마디 안 하는 것은 분해서 그런 것인지도 모른다.

아닌 게 아니라, 콜은 상인의 제자가 된다면 정말로 경쟁에 부치고 싶을 만큼 뛰어난 인재였다.

"내 말 듣고 있는 거야?"

테이블 위에 음식과 술을 늘어놓는 콜의 날랜 솜씨를 바라보고 있노라니 호로가 얄미워 죽겠다는 투로 물었다.

"듣고 있어."

"그래?"

"조사해 볼 가치는 있겠지. 강북의 실력자들은 돈을 빌려서 이 시장을 세웠기 때문에 그것을 갚느라 급급한 모양이야. 그리고 우리가 아주 거대하고 악랄한 대상회일 줄로만 알았던 진 상회는 문간에서 노새가 하품을 해대고, 닭이 천하태평으로 여기저기 알이나 까는 곳이었다."

호로는 조개구이의 속살을 입 안에 넣어 우물거리고 있다.

대신 콜이 입을 열었다.

"이익을 가로채이고 있는 건가요?"

"그렇지. 진 상회는 롬강 유역의 동화 거래를 움켜쥐고 있지만 그 이익은 강북의 권력자들에게 가로채이고 있다. 그렇다면—"

호로는 입안에 든 조갯살을 포도주로 삼킨 뒤 트림 한 번.

"홧김에 어마어마한 돈벌이 이야기에 충분히 손을 내밀 만하다는— 얘기인가?"

"그렇겠지. 게다가…"

무슨 생선인지는 모르겠으나 은빛 비늘을 단 채 기름에 튀긴 생선살을 집어 입으로 가져간다.

기름의 질도 좋지만 살이 부드럽고 달다.

지난번에는 트레니 은화 한 냥을 주었더니 모조리 사과를 사 왔던 호로다.

사양이라는 두 글자는 여전히 까맣게 잊고 있으리라.

"레이놀즈에게는 좀 수상스러운 면이 있었기도 하고."

"으흠. 그야, 숨기는 게 있었으니까."

콜만이 '어?' 하는 얼굴로 로렌스와 호로를 쳐다본다.

"내용을 추측하기는 어렵지 않아. 늑대 뼈 이야기를 하러 갔는데 숨기는 게 있었다면?"

"귀는 가렸으되 꼬리는 내놓은 꼴이지."

호로는 귀와 꼬리를 파닥거리며 말했다.

그러나 상대는 상인이다.

"능력 있는 매는 발톱을 감춘다는 속담도 있으니까. 감춘 것은 귀가 아니라 뿔이었을지도 모르지."

"그래서 헤어질 때 당신 손을 그렇게 꽉 잡으면서 악수를 한 걸 테고?"

과연 보는 눈이 매섭다.

로렌스는 고개를 끄덕인 뒤 이에 낀 비늘을 빼냈다.

"에이브 볼란 씨에게 잘 좀 전해달라는 건 뭘 노리고 하는 말이지? 에이브의 돈? 에이브의 장사 수완? 아니면 인맥?"

"그 암여우는 있는 돈을 다 긁어서 모피를 산 지 얼마 안 됐어. 뭐, 암여우의 주머니 사정을 모르는 상태라 해도 돈을 빌리러 갈 곳은 달리 많이 있잖아?"

호로는 그러면서 놀리는 듯한 웃음을 지었다.

로렌스가 지난번에 파산에 직면하여 돈을 마련하러 여기저기 뛰어다닌 기억을 찌르는 것이다.

"…그렇다면 장사 수완이나 인맥인데, 어느 쪽이건 배우와 대본이 너무 갖춰져 있는 거 아냐?"

호로는 얼핏 웃었을 뿐 느긋하게 바깥을 쳐다보고 있다.

로렌스는 로렌스대로 테이블 위의 음식을 주섬주섬 먹고 있고, 콜만 혼자 작은 통을 끌어안다시피 양손으로 든 채 두 사람을 번갈아 쳐다보았다.

딱히 심술을 부리려는 것은 아니다.

콜은 영특한 소년이다.

도통 남을 의심할 줄은 몰라도, 그런 관점도 있을 수 있다는 것을 배웠으니 그 점에 대해 곰곰이 생각할 수 있는 머리는 있다.

요컨대 호로와 로렌스는 각자가 받은 인상을 바탕으로 제각각 이미 그림을 그리고 있다.

그리고 각자의 판단을 콜에게 물어본 뒤 어떤 그림이 될 것인지를 서로 맞춰 보고 싶은 것이다.

"저, 저기요!"

콜은 손을 들며 자리에서 일어섰다.

아무리 엄하고 괴팍한 학자라도, 이렇게 진지한 모습을 보이면 귀여워하지 않을 수가 없을 것이다.

콜이 속은 것은 어쩌면 선배가 질투를 해서 그랬던 게 아닌가 싶을 정도였다.

"레이놀즈 씨는 지금도 뼈를 찾고 있는 건가요?"

호로는 대답을 하지 않는다.

그러나 콜은 아마도 짓궂은 박사에게서 강의를 받았었는지, 전혀 기죽지 않았다.

"만약 레이놀즈 씨가 숨기고 있는 사항이 지금도 뼈를 찾고 있는 것이라면, 사실은 우리를 적당히 대하면서 이야기를 감추었을 테죠. 그런데도 우리를 환대한 것은 에이브 씨의 친서를 갖고 있었기 때문에? 그렇다면 로렌스 선생님과 헤어질 때 악수를 청한 이유는⋯."

콜은 생각한다.

콜에게는 에이브가 어느 정도의 장사수완을 가진 인물인지에 대한 사전지식이 없다.

그렇다면 자신이 받은 인상에서 이런저런 판단을 내리게 된다.

콜의 눈에는 이 그림이 어떻게 비치고 있을까.

"그 이유는, 늑대 뼈를 찾는 데 손을 빌려 줬으면 싶어서— 인 거죠?"

같은 의문부호를 붙인 말이라도 이토록 인상이 다르다.

호로는 통 속에 든 술을 마신 뒤 콜에게 눈길을 주었다.

그런 뒤 살짝 웃더니 로렌스를 쳐다보았다.

"어때?"

묻지 않아도 잘 알면서, 하는 투로 로렌스는 손을 저었다.

그것이 참인지 거짓인지는 둘째 치고, 일단은 그렇게 생각하는 것이 매끄럽다.

"그뿐 아니라, 그렇게 생각하면 에이브가 친서를 선선히 써 준 까닭도 이해가 돼. 다른 누구도 아닌 에이브이니, 레이놀즈가 이 건에 대해 자신과 손을 잡고 싶어 한다는 것을 전부터 알고 있었을 거야. 그럼에도 워낙에 얼토당토않은 이야기라 그냥 뭉개고 있었겠지. 또는 믿기에 충분치 않았을 수도 있어. 어느 쪽이든 당연히 레이놀즈는 에이브의 협력을 받고 싶어 안달이 나 있었을 거야. 그런 참에 나타난 3인조. 에이브는 어떤 생각이 들었을까? 늑대처럼 교활한 에이브이니, 레이놀즈의 이야기를 황당무계한 것으로 일축하면서도, 거기에 우리들까지 나타나니 '혹시나?' 하게 되지. 하지만 자신이 나서서 레이놀즈에게 말을 거는 건 상책이 아니야. 그럼 어떻게 해야 할까? 어이구, 마침 이용하기 딱 좋은 놈들이 눈앞에 있네…?"

"옳거니, 옳거니."

호로는 노파와 같은 음성으로 그렇게 말한 뒤 키득대며 웃었다.

만약 이런 구도라면 레이놀즈는 레이놀즈대로 에이브가 흥미를 보이고 있다고 생각할 것이 틀림없다.

그러니, 뼈가 발견되었느냐고 콜이 물은 순간 태도가 확 바뀌었던 것이리라.

아무리 정탐이라 해도 어떻게 이런 얼치기들을 보내나 싶어 화가 났거나, 또는 로렌스 일행을 에이브의 지시를 받은 척후병인 줄 알았다가 괜히 넘겨짚은 것 같아 맥이 빠진 눈치였다.

이야기를 마친 뒤에 로렌스 일행에게 음식까지 대접해 준 것은, 적어도 로렌스 일행이 에이브의 지시를 받고 온 것이 아니라 에이브에게 허울 좋게 이용당하고 있는 얼빠진 양이라고 판단했기 때문일지도 모른다.

이야기 속에 전하고 싶은 말을 넌지시 섞는 방법이 아니라, 알아듣기 쉽게 먹을 것으로 대접을 하는 것이 효과적이다 싶었던 거겠지.

일단은 그 상회에서 생긴 일을 이렇게 분석할 수가 있다.

제아무리 질긴 산양의 고기라도 칼만 잘 넣으면 쉽사리 조각조각이 나는 법이다.

"그럼 당신, 어떡할래?"

호로는 지극히 쌈박한 말투로 물어온다.

그러나 호박색 눈의 붉은 기는 평소보다 한층 강해진 것 같은 느낌이었다.

진 상회의 궁색한 모습에 한순간 김이 샜으나, 늑대 뼈를 아직도 추적하고 있다는 이야기에 살이 붙은 순간 분노가 되살아났나 보다.

게다가 호로에게는, 이번에야말로─ 라는 생각이 있는 것이 분명하다.

이번에야말로 이 열 받는 사건에는 나 스스로가, 자신의 이와 발톱과 머리를 써서 대처할 것이다. 그냥 넘겨 버리는 일은 결코 없다.

그렇게 생각하고 있는지도 모른다.

그렇다면 호로의 길동무인 로렌스의 대답이야─

"뻔하지."

하며 말을 이으려다, 로렌스는 또 다른 시선 하나를 알아챘다.

입을 꾹 다물고 있긴 하지만 콜 또한 기분 면에서는 호로와 크게 다르지 않은 것이다.

"일단 조사해 보자. 아무것도 안 나와도 상관없고."

혼자서 하는 행상길에는 없었던 일.

둘이서 하는 행상길에서도 없었던 일.

의견 일치를 본 뒤 행동을 정한다는 것은 과연 꽤 기분 좋은 것이었다.

이것이 군대를 상대하는 일이었다면, 확실히 귀족들이 앞 다투어 기사단을 인솔하려 드는 것도 이해가 될 듯싶다.

하지만 허구한 날 이런 짓을 했다가는 정신이 피로해지고 말 것 같다.

호로는 같은 일이라도 마을 전체를 지는 중책을 맡고 있었으니 참으로 괴로웠으리라.

그럼에도 끝내 고마운 줄도 몰랐다.

자신이 이런 입장에 처해 보고야 비로소, 만난 지 얼마 안 되었을 때 눈물을 찍어가며 우울해 하던 호로를 자신은 임시변통으로 위로했을 뿐이라는 것을 깨닫는다.

그런 주제에 마치 자신이 호로의 보호자라도 되는 듯이 굴었으니, 호로에게 쉽사리 당하는 것이다.

로렌스는 콜과 엇비슷한 나이로 보이는 호로에게 들키지 않도록 살짝 웃었다.

그리고 이내 웃음을 거둔 뒤 심호흡을 하고는 지휘관답게 이렇게 말했다.

"그럼 각자의 역할을 전달하지."

콜은 진지하게, 호로는 물론 진지한 척을 하며 로렌스의 말에 귀를 기울였다.

제 3 막

로렌스가 술집에 추가 정산을 마친 뒤 밖으로 나서고 보니, 콜과 호로는 서로의 발을 밟으며 놀고 있었다.

콜이 로렌스를 보고 멈춰 서자 호로는 그 틈을 노려 가차 없이 콜의 발을 힘껏 밟는다.

"내가 이겼지?"

그러면서 의기양양해 하는 호로에게 순순히 '졌습니다' 라는 얼굴을 하는 것이 콜이니, 어느 쪽이 어린애인지 알 수가 없다.

하기야, 사람도 나이를 먹으면 어린애로 돌아간다고 하니까 영 틀린 것도 아닌지 모르겠지만.

"자, 그럼."

천진난만하게 놀고 있는 것을 보면 키가 비슷한 점도 있고 하여 쌍둥이 남매 같은 호로와 콜이 나란히 이쪽을 돌아보았다.

"각자 역할은 잘 알고 있지?"

"예."

"으음."

대답이 빠르기로는 콜이 먼저다.

교육의 도시 아켄트에서 어떻게 공부를 했을지 눈에 선하다.

그에 비해 호로는 유들유들하게 대답을 한 뒤 늘어지게 하품까지 하고 있었다.

"좀 두근두근하긴 하지만요."

"괜찮아. 한 가지 조언을 하자면, 거짓말을 하는 최대의 비결은 이것은 생각하기에 따라서는 거짓말이 아니라고 스스로 다짐을 하는 거야. 그리고— 실제로 거짓말을 하는 건 아니잖아?"

콜이 불안스레 웃는 것을 보고 로렌스는 그렇게 말해 주었다.

"예에…. 아니요, 괜찮습니다. 정보를 잘 모아 오겠습니다."

첫 출정에 임하는 기사처럼 의욕이 넘치는 콜의 등을 가볍게 두드린 뒤 "기대하마."라고 덧붙인다.

로렌스가 판단하기에 콜은 일을 맡기면 맡기는 만큼 성장할 것으로 보였다.

아켄트에서 석판을 끌어안은 채 분필범벅이나 되고 말 뿐인 소년이 아니다.

사기를 당하고 쫓겨나, 입은 옷가지 그대로 나선 여행도 어떻게든 목숨을 부지하며 헤치고 온 실적이 있다.

기대하겠다는 것은 거짓말은 아니었다.

"그럼, 밤에."

"예."

호로와 발을 밟으며 놀고 있던 때와는 전혀 다른 얼굴로 고개를 끄덕이더니 씩씩하게 걸어갔다.

자그마한 등이지만 약간의 관록이 있어 보인다.

과연 저 나이 때 나 자신의 뒷모습은 어떤 식이었을까? 하는 생각에 채 빠져 있을 틈도 없이 소맷자락이 잡아당겨졌다.

접대부가 손님을 잡아끈 것은 아니지만, 어떤 의미에서는 그보다도 훨씬 악랄한 호로였다.

"그럼 우리도 가 볼까?"

"어, 어어."

호로 역시 싹 돌아서 걸어가다가, 걸음이 늦어져 뒤처진 로렌스를 돌아보며 "응?"이라고 한다.

허둥지둥 호로를 쫓아가며 어이없어 한다.

콜을 그렇게 귀여워하면서도 시련 속으로 내보낼 때는 이토록 냉정한 것이다.

그게 아니면 그만큼 콜을 높이 평가하고 있다는 뜻인가?

로렌스도 콜을 높이 평가하고 있긴 하지만, 이렇게 깨끗이 신뢰하지는 못한다.

"너, 정말 혼자서 괜찮겠어?"

그래서 로렌스는 끝내 참지 못한 채 그렇게 물었다.

삼각주에서 강남을 오가는 배의 선착장으로 향하는 도중.

모처럼 인원이 셋이나 되는데 같이 행동하는 것은 촌스럽기 짝이 없는 일이라, 정보를 모으기 위해 역할 분담을 하기로 했다.

콜은 떠돌아다니는 거지인 척하면서 강북의 거지들에게 진 상회의 규모와 내실에 대한 정보를.

호로는 북쪽으로 가는 수도녀인 척하면서 강남의 교회에서 로에프와 롬강 상류에 있는 교회의 권세와 동향에 대해.

그리고 로렌스는 삼각주에 있는 로엔 상업조합 별관에서 진 상회의 영업과 늑대 뼈에 관련된 이야기를.

호로와 콜 모두 자신보다 훨씬 우수하니 보통으로 생각하면 걱정할 것은 없다.

하지만, 특히 호로는 늑대 귀와 꼬리가 달린 이교의 구현체다.

입과 머리를 놀리는 데 있어서는 셋 중에서 으뜸이라 하지만 혼자 보내기에는 영 마음이 불안했다.

"역시 나랑 같아—."

인파가 끊어지면서 조금 앞서 걸어가고 있던 호로가 로렌스보다 몇 걸음 더 앞으로 나선다.

로렌스의 말은 인파를 먼저 헤치고 나간 호로가 돌아보는 바람에 끊어졌다.

"콜한테는 괜찮다고 했으면서 나는 혼자서 심부름도 못하는 반푼이 취급이야?"

호박색 눈이 가늘어지면서 붉은 기가 한층 진해진 느낌이 들었다.

그 너머로 선착장이 보인다. 강북을 오가는 곳보다도 번화했다.

"그런 건 아니지만…."

"그럼 왜 그러는데?"

호로를 걱정하는 것에 이런저런 그럴 듯한 구실을 갖다 붙여도 근본적으로는 논리적이지 못하다.

그러니 호로가 화를 내는 것도 당연했다.

"잘못했어."

그렇게 대답하자마자 호로에게 가슴을 쿡 찔렸다.

"멍청이."

"뭐?"

호로는 점점 더 화가 나는 듯이 로렌스를 노려보다가 고개를 홱 돌려 버린다.

영문을 알 수 없어 찔린 가슴을 누르고 있으려니, 호로는 잠시 후 한숨을 섞어가며 이쪽을 돌아보았다.

"당신은 정말 정치가 서툴군."

"정, 치?"

"당신은 진짜 서툴러."

다시 한 번 똑같은 소리를 듣자 로렌스는 머리를 긁적였다.

"무엇보다 이런 상황에서 나를 혼자 보내지 못하는 이유를 모르겠어."

로렌스에게는 여전히 그 말이 무슨 뜻인지 이해가 가지 않는다.

"아니…, 혹시 만의 하나라도…."

"그건 콜도 마찬가지야. 저기 말야, 당신."

"어? 어어…."

별안간 자세를 바로잡으며 하기 힘든 말을 하려는 것 같은 호로의 표정에 로렌스도 덩달아 등줄기를 딱 편다.

그리고 호로는 강변을 향하고 있던 시선을 로렌스에게 돌렸다. 어딘지 모르게 로렌스를 책망하는 듯한 눈빛.

기억을 더듬으면, 저것은 겸연쩍은 것을 감출 때 하는 몸짓이다.

"당신은 우리의 보고를 기다리는 대장이잖아? 그리고 나랑 콜은 당신의 부하. 그럼 각자 경쟁을 하도록 만드는 게 우리들의 고삐를 훨씬 쉽게 쥘 수 있는 방법일 텐데?"

선착장이 가까워지자 강물 위를 바삐 가로지르는 배들의 모습도 보이기 시작했다.

동시에 로렌스도 어렴풋이나마 호로의 말이 어디로 향하고 있는지 보이기 시작했다.

"공을 세워서 나한테 칭찬 받고 싶은 것은 둘 다 마찬가지니까?"

호로가 있는 대로 얼굴을 찡그리더니 외면을 한 것은— 그것이 정답이니까.

하긴 그 말이 맞을지도 모른다.

호로가 콜보다 공을 세우면 잘했다고 한껏 칭찬해 주고, 혹시 부족하면 그건 그것대로 충분히 위로해 주면 된다.

하지만 로렌스가 호로를 거들게 되면, 칭찬도 위로도 콜만 갖는 특권이 된다.

그 점은 확실히 그렇지만, 로렌스는 아직 이해되지 않는 부분이 있었다.

호로가 연기가 아니라 실제로 뭔가 겸연쩍어 하면서 굳이 이런 사실을 가르쳐 주는 이유.

강변의 잔교에 도착했으나 사람들이 많은 탓에 차례를 기다려야만 하게 됐다.

호로는 주위에 사람이 있어서 로브 밑에서 귀와 꼬리가 난리를 치지 않도록 애써 참는 듯한 표정으로 이렇게 말했다.

"당신은 언젠가 가게를 차릴 거잖아? 그럼 남을 부리는 법도 좀 공부해 둬야지."

"앗."

그만 손으로 입을 가리고 말았다.

확실히 맞는 말이었다.

가게를 차리면 남을 부려야만 한다.

음으로 양으로 다른 사람의 마음을 파악해야 하고, 때로는 그들의 충성심을 필요로 하는 일도 있으리라.

하지만 로렌스는 1대 1인 상황에서는 그러는 것이 익숙해도, 다수의 사람들을 앞에 두고는 전혀 생각이 미치지 않았다.

"그러면서 잘도 내 고삐를 잡겠다고 애를 쓰네."

호로는 허리에 한 손을 얹은 채 어이가 없다는 듯이 고개를 갸웃했다.

행렬이 움직이기 시작하는 것을 곁눈질하며 로렌스는 분한 마음에 억지를 쓰며 이렇게 말했다.

"그래도 이런 내가 귀엽지?"

뚱한 얼굴로 그렇게 대꾸하자 호로는 크게 기뻐하지도 않은 채 고개를 갸웃한 자세로 "그저 그래."라고 대답했다.

"그럼 잘 부탁해."

"얼굴에 걱정하는 기색이 역력하지만, 당신 말을 받아 둘게."

호로에게 돌아오는 뱃삯을 준 뒤, 뱃사공에게 사정을 설명하고 돈을 지불한다.

"저녁밥은 밀빵이 좋겠어."

"공을 많이 세우면."

로렌스의 그런 말에 웃음을 남긴 채 호로는 로브 자락을 펄럭이며 배 위로 가뿐히 올라탔다.

케르베는 강을 사이에 두고 강북과 강남으로 나뉘어져 있는데,

강북에는 교회가 없다.

강북은 이교도들이 살고, 강남에는 정교도들이 많다는 뜻이기도 하다. 도시의 역사 면에서는 단순히 정교도인 상인들이 남쪽에서 올라와 강남의 토지를 사서 정착하기 시작한 것이 시초였다고만 되어 있는 모양이지만.

그래도 강북과 강남의 시가지 모습이 전혀 딴판인 것을 보면, 왠지 모르게 세계의 축소판을 봤다며 허풍을 떨고 싶어진다.

강북의 시가지는 건물의 높이도 그렇고 도로의 폭도 들쭉날쭉했으나, 강남은 건물의 높이가 일정하게 제한되어 있고 거리도 깨끗하게 펼쳐져 있다. 길가에 면해 있는 상회의 하역장에서 노새가 따분한 듯이 하품을 하고 있는 모습도 없으리라.

강북의 강가에서는 잘 몰랐는데 이쪽에서 보니 아낌없이 헌금을 바치면 하늘에도 닿을 수 있다는 듯이 교회가 치솟아 있고, 그곳에서도 가장 신에게 가까운 곳에 아름다운 황금색의 종을 매달아 놓고 있는 것이 보였다.

호로는 남쪽에서 고향인 북쪽으로 돌아가는 중인 수도녀를 가장하여, 고향에 돌아가고 싶은데 아직까지 고향땅에 이교도가 판을 치고 있는지 걱정이라는 식으로 운을 떼서 정보를 모을 생각인 모양이었다. 교회 사람들이 질문할 듯한 말을 일러 주긴 했으나, 그런 게 없더라도 호로의 언변이라면 충분히 정보를 모아 올 수 있으리란 생각은 들었다.

그럼에도 지금까지 정보를 모으거나 상황을 숙고하는 것은 늘 둘이서 함께했기 때문에 호로에게만 그것을 맡기는 게 왠지 이상하게 느껴졌다.

가게를 차리고 사람을 고용한 뒤에도 같은 생각이 들게 되리라.

다만, 그때에 호로의 모습은 있을까 하는 생각이 문득 든다.

"……."

로렌스는 머리를 긁적인 뒤 한숨을 쉬었다.

이런 걱정을 하고 있다가는 오히려 호로한테, 저 녀석을 혼자 두었다가는 안 되겠다 하는 소리를 듣고 만다.

로렌스는 혼자 웃으면서 다른 승객들에게 섞여 강을 건너가는 호로를 바라본 뒤, 이윽고 돌아서서 걷기 시작했다.

행선지는 삼각주에 있는 로엔 상업조합의 별관.

호로와 함께 강남으로 건너가 본관으로 가지 않은 것은, 본관에는 면식이 있는 사람이 없다는 단순한 이유에서다.

삼각주에 선 시장은 북쪽 지방과 남쪽 지방을 잇는 중요한 무역의 거점 중 하나로 꼽히는 만큼, 어느 조합이건 삼각주에 별관을 두어 여행객들과 상품에 대한 정보를 항상 수집하고 있다. 건물에 대한 규제가 있어 다른 곳처럼 건물로 권세를 다툴 수는 없지만, 각 조합의 특징이 전면에 내세워져 있기는 하다. 로렌스는 그 하나하나를, 이것은 어느 상업조합이고 저것은 또 어디라는 식으로 알아맞힐 수 있었다.

그런 상관들 하나 하나에 수십 명, 또는 수백 명의 상인들이 소속돼 서로 맹렬히 싸우고 있구나 하는 생각이 들자 조금 신비롭게도 느껴진다.

세상에는 저토록 많은 장사꾼들이 있고, 종류 또한 한도 끝도 없으니 말이다.

로렌스는 대양에 떠 있는 작은 배의 선실 문 같은, 낯익은 생김새의 상관의 문을 조심스럽게 노크했다.

"어이구, 이게 누구십니까."

상관의 1층에는 상인이 몇 사람 있었는데, 전원이 여행 복장이었다.

"오랜만에 뵙습니다. 키먼 부관장님."

상관의 1층, 입구의 맞은편에는 이 상관을 운영하는 주인이 앉아 있게 되어 있다. 거기에 앉은 아름다운 금발의 키먼은 상거래의 거점에서 태어난 무역의 총아였다.

부친은 케르베에서도 유수한 무역상이었고, 그 덕분에 단 한 번도 멀리 나가 본 적 없이 누구보다도 먼 지방의 상품을 수도 없이 보며 자랐다고— 칭찬인지 조롱인지 험담인지 알 수 없는 말을 들었다고 한 적이 있다. 실제로 음유시인이라 해도 충분히 통할 만큼 호리호리한 몸매에, 상관 1층에서 술과 정보를 주거니 받거니 하는 다른 상인들과는 달리 손에 튼 살 하나 없었다.

전형적인 부잣집 아들이라면 이곳저곳 떠돌며 먼지를 뒤집어쓴 채 장사를 하는 상인들에게는 미움을 살 법도 했으나, 키먼에 대한 신뢰는 의외로 두텁다.

나이는 로렌스보다 두 살쯤 밑이었을 터이나, 로렌스와는 달리 도시 안에서 장사를 하는 데 이골이 나 있다.

도시 내의 상관에 있는 자는 낮이고 밤이고 계속해서 걸을 수 있어야 한다거나, 말이 통하지 않는 상대와도 즉석에서 흥정을 할 수 있는 능력이 요구되지 않는다.

키먼은 여행을 하는 상인들에게서 '이 녀석이라면 여행을 하는 우리들의 임시거처를 맡길 만하다'는 평가를 받고 있었다.

"오랜만입니다. 그래프트 로렌스 씨. 이번에는 육로로 오셨습니까?"

어제와 오늘, 또는 요 며칠 새에는 입항한 상선이 없는 것이리라.

"아니요. 이번에도 수로는 수로였습니다만, 바다가 아니라 강을 따라 내려왔습니다."

그 말에 키먼은 손에 든 깃털 펜의 깃털로 자신의 턱을 간질이며 빙그르 시선을 돌린다.

키먼의 머릿속에는 1만 장에 달하는 지도가 있다고 한다.

이 남자는 지금까지 딱 두 번밖에 만난 적이 없는 로렌스가 어떤 길을 밟아 행상을 하고 있는지를 머릿속의 지도로 파악하고 있는 것이다.

"늘 다니는 행상로가 아니라, 이번에는 레노스에 들를 일이 있었거든요."

"아아, 그러셨군요."

키먼의 웃음은 웃고 있지 않은 호로의 웃음보다도 더 무슨 생각을 하고 있는지 알 수가 없다.

도시상인들은 태어난 도시에서 몇 십 년씩 살면서 장사를 한다. 그러면 서로의 성격과 버릇까지 훤할 텐데도, 그러는 자기네들끼리도 탐색을 한다. 그런 탓에 도시상인들의 음험함은 행상인과는

비할 바가 아니다. 많지 않은 나이에 별관이긴 해도 이곳의 관리를 맡고 있는 젊은 무역상인은 나름대로의 무서움을 갖고 있다.

로렌스는 애써 마음을 가라앉힌 뒤, 상관에 오면 늘 그랬듯이 기부를 하기 위해 은화를 꺼내면서 말을 이었다.

"그러고 보니, 황금의 샘에서 재미있는 연극을 하더군요."

"후후후. 재미있는 연극이라니, 로렌스 씨는 과연. 자주 다니는 행상인도 좀처럼 꿰뚫어 보지 못하는데."

로렌스가 트레니 은화 다섯 냥을 쌓는 것 따위엔 눈길도 주지 않은 채, 키먼은 비밀을 공유한 것이 반가운 어린아이처럼 웃으면서 카운터 위로 몸을 쭉 내밀었다.

"빤히 눈에 보이는 대화라도, 언제 어디에 독침이 감춰져 있을지 모르니까요. 지금쯤 본관의 지다 관장님께서 우리의 황금 자루를 지키기 위해 출장을 나와 계시겠죠."

케르베의 로엔 상업조합을 통솔하는 지다 관장은 이름밖에 들어본 적이 없는데, 어쩌면 에이브가 말을 걸었던 깐깐해 보이는 상인들 중에 끼어 있었을지도 모른다.

만약 그렇다면 에이브는 케르베에 상주하여 어딘가의 상회를 이끌고 있는 것도 아니면서, 다양한 상업조합의 간부 조합원들이 한패가 된 앞에 홀로 맞서고 있다는 얘기가 된다.

거인에게 맞서는 젊은 기사의 이야기에 가슴이 뜨거워지지 않는 사내가 어디 있으랴.

부럽다는 마음이 솔직히 가슴속에 피어올랐으나, 에이브 앞에서는 드러냈던 그것을 키먼의 앞에서는 결코 내보이지 않는다.

키먼은 우수한 만큼 신용할 수 없는 인물이기 때문이다.

"독침 같은 게 있습니까? 제가 들은 바로는 강북의 지주 측은 이미 뭍에 올라온 물고기 신세인 듯하던데요."

"예에. 그것도 수십 년 전에 건져져서 진작 말라비틀어진 상태죠. 다만 올해는 북방대원정이 무산되는 바람에 자금 회전이 더욱 어려워졌으니 똥줄이 타는 지경이라고나 할까요."

강북에 사는 지주들에게 들어가는 돈이 삼각주 시장의 사용료라면 그것은 필시 시장에서 징수되는 세금일 것이다.

그리고 사람과 물자의 왕래가 줄어들면 그것은 세수입 저하로 직결된다.

자고로 돈을 빌려 준 쪽은 계속해서 돈을 버는데 돈을 빌린 쪽은 파산하고 마는 것은, 돈을 빌린 쪽이 돈을 벌든 손해를 보든 빌려 준 쪽은 늘 똑같은 금액을 이자로 징수할 수 있기 때문이다.

"이 참에 온정을 베풀어 더욱 돈을 빌려 주면 나중엔 일이 잘 풀릴 거라고 한다면, 그건 제삼자의 생각일 뿐일까요?"

키먼은 로렌스가 쌓아 놓은 트레니 은화 다섯 냥을 별다른 감흥도 없이 받아든 뒤 기부장에 담담히 적어 넣었다.

거대한 무역선이 몇 척씩이나 들고나는 장부를 날마다 들여다보고 있노라면 트레니 은화 다섯 냥쯤은 그 정도밖에 안 되는 것이리라.

기부금으로 트레니 은화를 내놓았더니 입이 싱글벙글하던 뤼빈하이겐의 관장, 야콥의 과장된 몸짓이 그리워진다.

"아니요. 보통 그렇게들 생각하겠지요. 하지만 공교롭게도 상대는 죽을 때까지 이자를 물었던 이들의 아들들이자, 태어나면서부터 이자를 내 온 이들입니다. 10년쯤 전에 윈필 해협에서 전쟁이 일어났을 때도 이자 지불이 몇 년 연체되어 우리 남쪽은 빚을 얼마간 탕감해 주겠다고 제안했답니다. 이미 원금은 충분히 받았다면서요."

금발의 이 젊은 무역상은 자신의 얼굴에 떠오르는 웃음의 종류를 자유자재로 조절할 수 있는 종류의 인물이다.

시원한 웃음 밑에 뱀과 같은 음험함을 약간 내비치면서 이런 말을 했다.

"오기가 생긴 겁니까?"

"그런 거죠. 오기로라도 이자를 내고, 언젠가는 기필코 다 갚겠노라고. 이쪽으로서는 삼각주 시장의 면적만 넓히면 이자 액수 정도는 금세 회수할 수 있는데, 저쪽도 그걸 아니까 더욱 오기를 부리는 거죠. 이 이상 네 놈들이 돈을 벌게 놔둘까 보냐— 하고요."

어처구니가 없어서 말이 다 안 나온다는 투로 어깨를 으쓱하는 키먼에게 로렌스도 동의했다.

이래서야 화풀이 대상으로 이용되는 에이브가 너무 딱하다.

윈필 왕국의 몰락한 귀족으로 롬강 유역에 나름대로 큰 영향력을 갖고 있는 듯해도, 그런 것을 깨끗이 버리다시피 하면서까지 남쪽으로 내려가려는 데는 이런 것이 작용해서였을 수도 있다.

여기까지 기어오르기 위해 이곳저곳을 이용한 빚을 갚느라 옴짝달싹할 수 없게 되기 시작했을 테지.

"좀 더 합리적으로 나아가면 좋을 텐데 하는 생각이 들지요. 이제 강북과 강남은 혼인은 고사하고 이사조차 하기 어려워졌습니다."

키먼은 주절주절 늘어놓았으나 친절을 베풀고 있는 게 아니라는 것만은 확실하다.

행상인 주제에 황금의 샘에서 열린 회의 이야기를 꺼내다니, 그래 봐야 구경꾼 심리가 발동한 거겠지 싶은 것이리라.

로엔 상업조합의 간판을 등에 업은 채 제멋대로 정보를 수집하고 조합의 방침과는 전혀 다른 소문을 퍼뜨리는 것은 곤란하다고 생각하는 것이 이들의 사고방식이다.

주절주절 떠들면서 이런저런 정보를 주는 것은 자신들이 원하는 방향으로 유도를 하는 한편, 이것이 조합의 견해라는 일종의 경고를 하는 것으로, 거기에서 벗어나면 나름대로의 제재가 가해진다.

그런 것을 몰랐을 때는 함정처럼 무서웠으나, 알고 난 뒤에는 오히려 어느 곳의 상관에 가건 그것만 잘 따르면 상관이 신변을 보호해 주는 암호로 여겨지게 됐다.

"그렇군요. 그럼 제가 들은 소문도 영 틀린 것은 아닌 모양입니다."

"소문?"

정보 수집이 생명인 상관 측 사람인 키먼은 카운터 위에 트레니 은화 다섯 냥을 쌓아 놓았을 때보다도 더 흥미진진한 표정을 지으니 쓴웃음을 지을 수밖에.

행상인들끼리 나누는 대화였다면 소문이라는 소리에 이렇게 반응을 보이는 상대는 한수 아래로 보이게 된다.

"예에. 실은 강북에 있는 진 상회가 같은 강북 측 유력자의 밥이 되고 있다는."

물론 이것은 억측에 지나지 않았으나, 그것을 입 밖에 낸 순간 확신으로 변했다.

키먼의 표정은 여전히 똑같았다.

그러나, 지나치게 똑같았던 것이다.

"그런 이야기를… 실례지만 대체 어디에서?"

일부로 시치미를 떼는 것도 가능했건만, 키먼은 로렌스에게 속 마음을 들켰다는 것을 깨달은 것이리라.

험악한 눈빛으로 그렇게 물었다.

말을 잘 골라서 해야 할 순간이다.

로렌스는 연못에 큰 돌을 던져 보기로 했다.

"실은 레노스에서 귀족 출신의 좀 별난…."

상인과 거래를― 이라는 말은 이어지지 않았다.

키먼의 얼굴은 우스갯소리를 들은 듯한 표정이면서도, 카운터 위에 한쪽 팔꿈치를 짚고 있던 로렌스의 옷자락을 가볍게 붙잡았기 때문이다.

표정과 몸짓이 자아내는 분위기가 정반대였다.

"로렌스 씨, 여독이 아직 안 풀리셨죠? 어떠십니까? 안에서 가볍게 휴식을 취하시는 것이."

상관에는 식당도 있고 숙박을 하기 위한 침대와 벽난로도 있다.

그러나 속내는 그 말 그대로가 물론 아니다.

미끼가 예상보다 큰 대어를 낚은 모양이다.

"예에, 기꺼이."

로렌스는 솔직히 웃으면서 그렇게 대답했다.

상관의 안쪽에 있는, 필시 키먼의 집무실일 곳으로 자리를 옮기자 생선 향이 나는 수프를 내왔다.

술을 곁들인 채 할 이야기도 아니고, 어린아이처럼 단 음식을 먹기도 그렇다.

나그네가 찾아들었다가 다시 길을 떠나는 이 도시에서는 짭짤한 맛과 영양가 넘치는 이런 생선 수프가 더 환대를 받는 경우가 많다.

수프를 한 입 먹은 뒤, 로렌스는 청어의 맛에 약간 옛날 생각이 났다.

"그런데, 그 볼란 가의 여당주와는 어떤 관계이신지?"

질문이 아니라 거의 심문이다.

키먼은 자신의 수프에는 전혀 손을 대지 않는다.

로렌스는 그것을 보자, 혹시 뭔가 수상쩍은 효과를 가진 약초라도 넣은 건 아닌가 하는 의심이 한순간 들었다.

"저는 행상인이니, 물론 무도회에서 만난 춤 상대는 아니지요."

"한바탕 소동이 벌어졌다는, 그 모피와 관련된 겁니까?"

오늘 막 도착한 정보인지, 아니면 레노스에 주재하고 있던 인물이 파발이라도 보내 어제쯤 알려온 것인지.

감출 것도 없는지라, 로렌스는 고개를 끄덕인 뒤 헛기침을 한 번 했다.

"함께 큰 장사를 하기로 했다가 막판에 배신을 당해서 말이지요. 분한 마음에 가서 따지려고 강을 따라 내려온 겁니다."

"농담이시죠?"

남을 농락하는 데는 익숙해도, 농락을 당하는 데에는 익숙지 않은 것인가.

다소 화가 난 표정이 겉으로 드러나 있는 키먼에게서는 어딘지 모르게 호로를 앳되게 만든 것 같은 인상을 받았다.

"거래를 한 것까지는 사실이고, 제가 강을 따라 이쪽으로 온 것도 에이브 씨를 좇아온 것 맞습니다. 하지만 목적은 에이브 씨의 조언을 듣고 싶어서죠."

"그건, 장사를 위한?"

로렌스는 고개를 가로저었다.

"여행을 하다 보면 불가사의한 일도 우연히 만나게 됩니다. 그런 만남 끝에 어떤 실없는 이야기를 좇게 되어서요."

"실없는… 이야기."

"예에."

키먼은 하늘의 별을 둘러보듯이 시선을 빙그르 돌리더니 말을 이었다.

"늑대 뼈… 에 관한 이야기지요?"

"예에. 바로 알아맞히시는 것을 보니 역시 이곳에서는 유명한 얘기입니까?"

"유명하기는 유명하지만… 로렌스 씨는 정말로 그 이야기를?"

어이없어하는 게 아니라, 되레 의아해 하고 있었다.

어째서 그런 이야기를 쫓고 있는 건가 싶은 생각이 들 만한 이야기인 것이리라.

"어이가 없으시지요?"

"아뇨, 그런 게 아니라…."

그런 변명이 어색하게 들리는 것은 자신이 가장 잘 알고 있을 터였다.

"죄송합니다. 감출 것도 없겠지요. 사실 어이가 없습니다."

"저와 함께 여행을 하는 일행이 북쪽 태생이라서요. 고향에 관한 일이라 꼭 진실을 알고 싶다고 합니다."

북쪽과 남쪽이 만나는 무역의 거점에서는 물론 문화와 신앙의 충돌이 일상의 다반사다.

그러니 이런 이유가 이런 곳에서는 오히려 설득력을 갖는다.

"그러시군요…. 하지만 제가 어이가 없어한 것은 그 이야기를 쫓는 것 자체가 그랬던 건 결코 아닙니다."

진 상회의 레이놀즈와 똑같은 반응이다.

그러나 뒤이은 말은 달랐다.

"로렌스 씨가 그 에이브 볼란과 아는 사이이면서도 그런 연줄을 써서 뜬구름 잡는 이야기를 쫓고 계시니 말입니다."

로렌스는 조금 생각한다.

논리적인 추리를 동원해 키먼의 생각을 파악한다.

"요컨대, 에이브 씨의 연줄을 이용하면 얼마든지 내실 있는 이야기를 좇을 수 있다는?"

로렌스가 그렇게 묻자 키먼은 한없이 표정이 부드러워지며 고개를 끄덕였다.

"제가 로렌스 씨를 이곳으로 모신 것은 그녀의 이름이 이 도시에서 상당히 중요하고도 미묘한 것이기 때문입니다."

"그렇다는 얘기는?"

에이브의 이름이 이 도시에서 중요하고도 미묘한 것이라면 그 이유 또한 같은 터.

묻는다고 대답해 줄 가능성은 반반이었으나, 로렌스는 내기를 걸어 본다.

키먼은 헛기침을 한 번 한 뒤 말문을 열었다.

"그녀는 귀족 출신이라는 이점을 이용해 곳곳의 권력자와 비밀리에 손을 잡아서는 돈벌이를 하고 있습니다. 그 이해관계가 어떻게 돌아가고 있는지, 그 전모는 필시 본인만이 알고 있겠지요. 그녀를 자칫 잘못 대하면 어떤 영향이 미치게 될지 아무도 알 수 없습니다. 제가 로렌스 씨를 이곳으로 오시게 하여 이런 이야기를 드리는 것은 아까 드린 말씀과 같은 이유에서입니다."

카운터에서 들은 강북과 강남의 관계를 둘러싼 이야기.

그것은 역시 친절해서가 아니라 조합의 견해를 설명한 말이었던 것이다.

"그러니 로렌스 씨가 이곳에서 그녀와 손을 잡고 뭔가 장사를 하려는 게 아니라 뜬구름을 잡는 듯한 이야기의 단서를 얻기 위해 왔다는 것은, 저를 놀라게 하는 한편 안심도 시켰습니다."

키먼은 친근한 얼굴로 그런 말을 입에 담았으나, 그것은 뒤집어 말하면 에이브와 이 도시에서 장사를 하지 말라는 뜻이다.

"다만, 늑대 뼈에 관한 이야기로 그녀의 조언을 얻고자 하는 것은 올바른 판단이라고 생각합니다. 이 롬강 유역에서 그녀만큼 정보를 가진 사람은 없을 테니까요."

뜬구름을 잡는 격인 실없는 이야기를 좇고 있는 것이라면 상관없다는 얘기이리라.

그리고 그것은 곧 키먼이 늑대 뼈에 관한 이야기를 실없는 이야기로 믿고 있다는 것을 나타낸다.

"그건 그렇고, 로렌스 씨는 어떤 계기로 그녀와 장사를 하게 되셨는지? 이 도시에서 그녀와 장사를 하고 싶어 하는 이들이야 많지만 그야말로 말도 못 붙이거든요. 반응을 보이는 상대라면 또 모르겠지만…"

당연히 신경이 쓰일 테지.

에이브가 그렇게 중요한 인물이라면 조합으로서도 어떻게든 손을 잡으려고 애를 썼을 게 틀림없다.

"제가 어떻게 한 것이 아니라, 그쪽이 먼저 말을 걸어왔습니다만. 지금은 그 이유를 대충 알고 있습니다."

"호오?"

"권력자에게 빌붙어 이용을 한 끝에 수익을 냈지만, 그에 대한 보상을 지불해야만 하게 되었을 테죠. 또는 보상을 지불하기가 싫어졌거나. 황금의 샘에서 강남 측 전주의 경호인과 씨름을 하고 있는 것은 다름 아닌 에이브 씨죠?"

키먼은 또다시 놀랐다가 그것을 감추려고 무의식적으로 생각했는지 얼굴을 쓰다듬은 뒤 고개를 끄덕였다.

"레노스에서 하려던 장사는 정말로 속았습니다. 소중한 일행을 인질로 넣어 마련한 돈은 고사하고 제 자신의 목숨마저 내걸어야만 했죠. 뭐, 결국은… 도끼와 나이프까지 나왔습니다만, 제게 그 이야기를 꺼낸 것은 속여서 이용해 먹을 수 있는 것이 이젠 저 같은 행상인밖에 없기 때문이라는 게 정답일 겁니다."

그렇게 생각하면 모피를 살 돈을 마련하기 위해 노예상에게 갔을 때 선선히 돈을 빌려 준 이유도 이해가 간다.

에이브의 이름은 그 정도로 가치가 있는 것이었다.

"그렇군요…. 하긴 그럴 수도 있겠습니다. 하지만 도끼와 나이프까지 나왔는데도 조언을 구하는 사이라니…. 뭐랄까, 부럽습니다."

말 한번 잘한다 싶어 감탄한다.

로렌스는 쓴웃음을 지으며 이렇게 대답했다.

"어린애들처럼 돈이 든 자루를 놓고 서로 치고 받게 되면 본심도 드러내놓기 마련 아닙니까? 친구까지는 아니어도, 부끄러운 추억을 공유한 사이라는 느낌이랄까요."

그 말이 완전히 진실인 것은 아니지만 그렇게 동떨어진 표현도 아니다.

키먼은 알 듯 말 듯한지, 눈을 감고 머리를 끄덕이면서도 집게손가락을 관자놀이에 댄 채 뭔가를 고심하는 듯이 보였다.

상관의 책임을 맡은 지위에 있는 자는 그런 난폭한 거래를 마주

치게 되는 일이 없기 때문인지도 모른다.

비아냥조 같기도 하고 묘한 우월감 같기도 한 기분이 드는데, 키먼이 문득 얼굴을 들었다.

"알겠습니다. 그런데—."

"예."

로렌스가 멍하니 대꾸한 순간이었다.

"에이브 볼란과 조합. 로렌스 씨는 어느 쪽을 우선시키겠습니까?"

식겁한다는 것은 바로 이런 것을 두고 하는 말이다.

한순간 눈앞에 있는 것이 누구인지 알 수가 없어졌다.

그러나 그것은, 자신이 그만큼 놀랐기 때문이 아니라 다른 이유에서였다.

키먼의 분위기가 다르다.

로렌스는 등짝에 식은땀이 확 솟았다.

방금 전까지 에이브에 대한 이야기를 잡담처럼 하고 있었건만, 그것이 터무니없는 착각처럼 느껴졌다.

사정을 듣고는 이제 끝.

그런 것은 아니었던 것이다.

"그거야… 물론, 조합입니다."

로렌스는 간신히 그렇게만 대답했는데, 키먼은 고개를 끄덕이지도 않은 채 로렌스에게서 시선을 떼었다.

로렌스가 카운터 위에 기부금으로 트레니 은화 다섯 냥을 내놓았을 때만큼이나 매정하다.

농락당했다.

믿어지지 않을 만큼 깨끗이.

"그럼 본 조합의 조합원으로서 그 이름에 걸맞은 행동을 기대하겠습니다. 인맥은 재산이며, 재산은 곧 자본입니다. 큰 장사에는 큰 자본이 필요한 법이지요."

싱긋 하고 멋진 웃음을 지으며 키먼은 말했다.

말투는 온화했으나 불문곡직 따를 수밖에 없는 박력이 있다.

방심해서는 안 되는 것이었다.

게다가 에이브의 중요성을 완전히 잘못 짚었다.

끝내는, 키먼에게 조합을 우선하겠다는 대답까지 하고 말았다.

로렌스는 계약내용을 알지 못한 채 계약서에 인장을 찍은 것만 같아 기분이 몹시 개운치 않았다. 실제로 그것은 기분 탓만은 아니다.

"에이브 씨는 기댈 언덕이 없어서 곤란하던 참이었지요."

키먼은 웃음을 지은 채 잡담을 하듯 그렇게 말했다.

약간의 교섭으로 협력을 요청할 수 있는 그런 섬세한 이야기는 절대 아닌 것 같다.

설령 꼴이 사납더라도, 최소한 그 한 조각만이라도 알아두지 않으면 어떤 일에 이용당할지 모른다.

로렌스가 그렇게 생각한 후 말문을 열려던 그 순간이었다.

"부관장님! 키먼 부관장님!"

방 밖에서 황급한 발소리와 함께 그런 목소리가 날아들었다.

이어서 문을 격하게 두드리더니 다시금 키먼의 이름을 부르는 목소리.

　무슨 일이 있는 것이다.

　그러나 키먼은 전혀 당황하지 않은 채 식은 수프를 먹고 있었다.

　"시간을 내주셔서 감사합니다. 다른 일이 생긴 듯하니 저는 이만."

　자리에서 일어나 차분히 문 쪽으로 다가간다.

　그리고 말을 걸 틈을 완전히 잃은 로렌스가 멍하니 그 뒷모습을 눈으로 쫓고 있으려니, 문득 걸음을 멈춘 뒤 이쪽을 돌아보았다.

　"아, 참."

　마치 보는 눈이 높은 관객들 앞에서 태연히 평상시의 연기를 하도록 요구받은 배우 같은 몸짓이었다.

　"이곳에서 한 말을 발설하시면…."

　키먼은 그대로 문을 열었다. 상관 직원에게서 다급한 귀엣말을 들은 후, 표정 하나 바뀌지 않은 채 고개를 끄덕인다.

　머리에는 늑대의 귀, 허리에는 꼬리가 달려 있지 않더라도— 무시무시한 신이나 정령에 필적하는 인간이 존재한다.

　그것을 실감했다.

　"틀림없이 후회하실 겁니다."

　그러면서 로렌스를 쳐다봤을 때는, 시원하게 웃음 짓는 무역상의 얼굴로 돌아와 있었다.

상관은 벌집을 쑤셔 놓은 것처럼 야단법석이었다.

몇 명이나 되는 사람들이 상관 문을 벌컥 열고 1층 카운터 앞으로 몰려와서는 서류를 꺼내 다시 뛰쳐나갔다.

그 순간 케르베에서 무슨 일이 벌어지고 있는지 알고 싶다면, 상관 안에 있는 것만큼 최적의 장소가 없었으리라.

그러나 로렌스는 키먼이 일을 처리하는 것을 지켜보면서도 그런 소동 쪽으로는 머리가 미치지 않았다.

곱씹고 있는 것은 키먼과의 대화.

로렌스는 다른 상인들과 마찬가지로 이곳에서 무슨 일이 벌어지고 있는지 냉정하게 판단하는 중이라는 차분한 얼굴을 하고 있었으나, 내심은 불안했다.

키먼은 로렌스가 에이브와 면식이 있는 점을 이용해 뭔가를 꾸미려 하고 있다. 에이브를 미끼삼아 키먼에게서 정보를 끌어내려 했는데 오히려 자신이 낚이고 말았으니 어이가 없어 말이 나오지 않는다.

그때, 떠들썩하던 상관 1층의 분위기가 바뀐 듯한 기분이 들었다.

고개를 들고 보자, 활짝 열려 있는 입구에서 낯익은 얼굴이 이쪽을 들여다보고 있었다.

볼일을 마친 후 숙소에서 기다리기로 했던 호로다.

"무슨 일로 오셨습니까?"

문간에 있던 털북숭이의 상인이 공손히 물은 것은, 순례중인 수도녀가 일행과 떨어져 길을 헤매고 있는 줄 안 것인가.

호로는 어떻게 대답해야 할지 한순간 망설이는 듯했으나, 로렌스가 의자에서 일어서자 이내 이쪽을 알아챘다.

"실례합니다. 제가 아는 분입니다."

기사단이나 용병부대의 식량 조달, 그 밖의 잔일을 돌보는 수송대 역할을 하는 상인은 많다. 순례여행 중인 일행이 나름대로 유복하다면 같은 역할을 하는 상인이 붙는 일도 있다.

로렌스가 딱히 당황하지도 않은 채 그렇게 자처하자, 다른 상인들은 그런 식으로 이해한 모양이다.

다소 부러운 듯한 시선을 보낸 것도 돈벌이가 될 만한 고객을 데리고 있구나 싶어서이리라.

유일하게 키먼만이 달랐다.

로렌스는 그런 시선을 등으로 받으면서 호로와 나란히 밖으로 나섰다.

바깥은 평소와 다름없는 것 같으면서도, 찬찬히 살피니 이곳저곳 상관의 별관에 서류를 들고 가는 이들로 보이는 상인과 소년들이 안색이 변한 채 뛰어다니는 것이 보였다.

"웬일이야?"

떠들썩한 시장을 나란히 걸으면서 로렌스는 그렇게 물었다.

"도시가 떠들썩한데 당신을 혼자 둬서야 되겠어?"

무슨 뜻이냐고 하려다가 말았다. 무슨 일만 났다 하면 끼어들었던 몸이니 대꾸할 여지가 없다.

그리고 이미 뭔가에 휘말려 있는 것도 사실이다.

"너야말로 정보는 모아 왔어?"

물론 로렌스는 아무렇지도 않은 척하며 물었다.

그러자 호로는 의기양양하게 가슴을 펼 줄 알았더니, 한숨을 짓듯이 등을 구부리고는 머리를 가로저었다.

"형식적인 얘기밖에 못 들었어. 당신보다도 귀여운 멍청이가 있기에 있는 것 없는 것 다 캐낼 작정이었는데, 별안간 난리가 나서 쫓겨났지 뭐야. 대체 무슨 일이 일어난 거야?"

상대를 해야 할지 말아야 할지 고민이 되는 말은 잠시 무시하기로 하고, 실용적인 점만 짚어서 되물었다.

"쫓겨나? 교회에서?"

"응. 그래서 교회를 위협하는 악마라도 나타난 줄 알았는데…."

하며 진지한 얼굴로 말하니 그만 웃음이 나온다.

"그랬으면 확실히 큰일일 테지만…. 교회가 관련된 뭔가가 있었나?"

"교회에서 쫓겨난 뒤에 나도 어떻게 된 건지 알아볼까 했는데, 사람들이 엄청나게 나와서 어쩔 수가 없었어. 창과 검을 든 놈들도 잔뜩 나와 있다니까."

"병사가?"

"응. 강 쪽에서 무슨 중요한 걸 지고 와서 교회로 옮겨온 것 같다는 정도밖에 몰라. 아주 난리도 아니었어. 왜 거기 있잖아? 언젠가 나랑 결혼하고 싶다고 당신과 다툰 귀여운 애송이가 있었던 거기."

"크멜슨?"

싫은 기억을 되살리지 말라는 투로 얼굴을 찡그리자 호로는 키득키득 웃었다.

하기는, 지금 만약 그런 일이 한 번 더 일어난다면 그렇게 난리 법석을 칠지 의문스럽다.

그때의 그 일은 호로와의 거리를 한 걸음씩 좁혀가는 과정에서 비로소 가능한 소동이었던 것이다.

호로가 즐거운 듯이 말을 꺼낸 것도 약간 그리운 마음에서였으리라고 이해한다.

"어떤 사태가 일어나면 일이 그렇게 되는데?"

"난들 아나? 주위에 있는 패거리들의 이야기를 엿듣는 것도 요령이 있어야 하는 거니까. 일단은 당신과 합류하는 게 낫겠다 싶었어."

로렌스는 "그래?"하고 중얼거린 뒤, 방금 전까지 있던 상관에서 들은 이야기들을 짜 맞춰 본다.

"상관에 보고된 바로는 강북 측의 배가 강남 측에 예인됐다느니 어쩌니 하기에 나는 완전히 내정 상의 문제라고 생각했지."

호로는 딱 와 닿지가 않는지, 놀림을 당했을 때와 같은 얼굴로 로렌스를 쳐다본다.

알기 쉽게 얘기하라는 뜻이리라.

"이 도시는 남과 북이 대립하고 있잖아? 하지만 바다에까지 선을 그을 수는 없는 노릇이니, 고기떼가 북쪽으로 올라가면 강북으로 가서 고기를 잡고, 남쪽으로 내려오면 강남으로 와서 고기를 잡지. 바다나 호수, 강에서 고기를 잡을 때는 늘 구역 놓고 싸우다 피를 보기 십상이라서 그런 게 아닐까 했거든. 설마하니 강남 측 상회가 바다 위에서 용감하게 고기를 잡는 강북 측 배에게 반해서 느닷없이 배를 사들였을 리는 없잖아?"

구역 운운하는 말에 납득이 갔는지, 호로는 천천히 고개를 끄덕였다.

"그런데 강북 측 배를 예인했고, 병사들이 경호를 해야만 하는 뭔가를 인양했다. 더욱이 그것을 상회가 아닌 교회로 가져왔다…. 혹시 정말 인어라도 잡힌 거 아냐?"

"인어?"

호로가 고개를 갸웃하며 묻는다.

뜻밖에 모르는 이야기인가 보다.

"뭐랄까, 전설 속에 나오는 생물이야. 요 앞바다를 윈필 해협이라고 부르는데, 북쪽 출구 근처에 암초지대가 있어서 배가 난파되는 일이 끊이지 않았어. 그래서 옛날부터 전해 내려오기를, 이 세상의 것으로는 보이지 않을 만큼 아름다운 외모와 목소리를 가진 미녀들이 암초 위에서 요염하게 노래를 해서 선원들이 거기에 현혹된 탓에 사고가 끊이지 않는다는 거야. 파도가 부서지는 암초 위에 어떻게 미녀들이 있을 수 있느냐는 선원들의 의문은 이내 풀렸지. 그 여자들은 상반신은 아름다운 여자인데 하반신은 물고기였던 거야."

호로는 솔직히 감탄한 듯이 이야기를 듣고 있다.

바다를 모르는 것은 아닌 듯한데, 아무래도 인어 얘기를 들은 적은 없는 모양이다.

호로가 들은 적이 없다면 역시 이 전설은 단순한 미신일지도 모른다.

로렌스가 그런 생각을 하고 있노라니 호로는 "흠." 하고 머리를 끄덕인 뒤 이렇게 말했다.

"인간 수컷들은 툭하면 유혹에 넘어가는군."

하기야, 예로부터 전해 내려오는 전승이나 전설은 정령이나 괴물에게 속았다는 이야기 천지다.

그러나 로렌스도 나름대로 호로와 신경전을 벌이며 지내왔으니 일언반구 돌려줄 말이 없다.

"속아 넘어가지 않으려고 눈썹에 침을 발라가며 지내는 것보다야 마음 편해 좋겠지."

난투극이 벌어지는 도박장보다는 화창한 햇살 밑을 더 좋아하는 호로의 성격은 잘 알고 있다.

로렌스의 말에 후드 밑에서 잠시 귀를 쫑긋 대더니 "하긴 우리도 술을 좋아하니까." 하며 간지러운 듯이 말했다.

"그런데."

호로는 웃으면서 말을 이었다.

"당신은 내가 친 함정에 걸려들지 않으면 다른 함정에라도 꼭 빠져야 한다고 교회의 신 앞에서 맹세라도 했어?"

"뭐?"

"뭘 숨기고 있느냐고 묻고 있는 거야."

"으…."

그만 끙 소리가 나온 것은 호로의 앞에서 뭔가를 감춘다는 것은 불가능하다는 사실을 새삼스럽게 지적당했기 때문.

로렌스는 자신의 내부에서 조금 더 정리를 한 후에 호로에게 말하려 했던 키먼과의 대화를 남김없이 털어놓았다.

그리고, 다 듣고 난 후의 호로의 첫마디가 이것이었다.

"멍청이."

키먼은 도저히 나와 같은 사람으로 보이지가 않았다고 말하고 싶을 정도였으나 그것은 변명이 되지 못하리라.

하지만 다음 순간 이어진 호로의 말에는 그만 정신이 멍했다.

"하지만 뭐, 말도 안 되는 소리를 해 오면 거절하면 그만 아냐?"

저런 식으로 되레 어이없는 표정으로 잘라 말하면, 정말 그래도 될 것 같은 착각이 드니 무섭다.

그러나 로렌스는 정신을 가다듬은 뒤 머리를 긁적인다.

상인은 계약을 종이 위에 남기고 싶어 하지만, 실제로는 종이에 작성하기 전에 우선 구두로 계약을 맺는다.

그리고 그 의미는 매우 무겁다.

"로엔 상업조합에는 수십 수백 명에 달하는 상인들이 소속해 있고, 개중에는 1년에 뤼미오네 금화를 천 냥 단위로 벌어들이는 대상인도 있어. 나 같은 건 불면 날아갈 듯한 존재에 지나지 않아. 만약 어떤 일을 부탁 받으면 절대 거절할 수가 없지. 바보 같다고 생각하지? 하지만 그러니까 조합의 결속이 유지되는 면도 있는 거야."

교회도시 뤼빈하이겐에서 파산의 위기에 처해, 노예선이냐 광산이냐의 기로에 서 있었을 때에도 로렌스는 조합을 배신하는 선택만큼은 택하지 않았다.

상회는 그런 면에서 아군으로는 믿음직스러우나 적으로서는 무시무시한, 돈과 펜으로 무장한 하나의 기사단이나 다름없다.

"음. 하긴, 무리에 속한 애송이가 고참이 시키는 걸 거역할 순 없을지도 모르지…."

"그렇지?"

"음. 하지만 그런 곳에 있는 자는 대개 잃을 것이 너무 많아서 크게 엇나가는 짓은 못해. 그 암여우와 면식이 있는 당신과 손을 잡고 뭔가를 하고 싶지만, 다른 놈들과 손을 잡으면 곤란하니까 당신을 협박했을지도 모르지."

어쩌니 저쩌니 해도 상호관계나 분위기 같은 것에 지배당하기 쉬운 이야기는 그 자리에 없었던 쪽이 훨씬 더 냉정하게 판단할 수 있는 법이다.

"그리고 무리를 이끄는 입장에서는 밑에 있는 놈들이 서툰 짓을 하지 않도록 일침을 놓아 두는 건 기본 중의 기본이야. 걱정할 거 없어."

실제로 산 하나, 마을 한 곳을 이끌었던 호로가 그런 말을 하자 정말 그런가 싶을 만큼 설득력이 있다.

술과 음식이라면 혹하고, 고향을 떠올리면 눈물을 찍어대는 마을 아가씨는 아닌 것이다.

"뭐, 나야 당신이 어떻게 되든 내 안의 우선순위에 따라서 행동할 뿐이지만."

호로는 손을 내저으며 말한 뒤 로렌스를 놔둔 채 빨리 걸어간다.

어떻게 저렇게 제멋대로에 박정할 수가 있느냐며 화를 내는 것은 오답.

그렇다고 농담이겠지 하며 웃는 것도 오답.

로렌스는 그 뒷모습에 대고 이렇게 말했다.

"그 첫 번째 순위가 나라고 솔직히 말하지 않겠지?"

호로는 우뚝 멈춰 서더니 뒤돌아보았다.

"음. 당신이 현혹돼서는 안 되니까."

그러면서 슬쩍 송곳니를 내보이며 웃으면, 혹시나 호로의 정체가 탄로 나는 게 아닐까 싶어서 오싹한다.

그러나 등줄기에 한기를 느낄 때는 대개 주위의 기온이 떨어져 있는 게 아니라, 자신이 열에 들떠 있을 때다.

로렌스는 어이없는 한숨을 지은 뒤, 걷는 속도를 늦춘 호로와 나란히 선다.

그리고 손을 잡으며 이렇게 말했다.

"이제 슬슬 가 볼까? 우선 콜과 합류해야지."

돌아본 호로의 얼굴은 예상대로 뿔이 나 있었다.

"그건 내가 해야 할 말이잖아. 이 멍청이!"

삼각주에서 강북으로 건너갈 때는 운 좋게 한 사람 요금만 냈다.

도시 내에서 소동이 벌어지면 소문은 순식간에 퍼지기 마련이다.

더욱이 강을 끼고 있는 곳이라면 구경꾼 심리에 한층 불이 붙는 법.

이놈저놈 할 것 없이 강북에서 삼각주, 삼각주에서 강남으로 가고 싶어 하니, 반대 방향으로 가는 배는 텅텅 비어 있었다.

이럴 때 뱃삯을 깎지 않으면 바보인 것이다. 절약한 만큼은 호로에게 조개구이를 사 주었다.

"콜한테는 비밀이다?"

말이 떨어지기가 무섭게 호로는 게 눈 감추듯 먹어치우고는 흐뭇해했다.

무슨 일이 벌어진 것인지를 추적하자면 이대로 삼각주에 머물거나, 또는 강남으로 건너가는 것이 최선이지 않을까 싶었으나, 호로의 말을 들어보면 꼭 그렇지만도 않은 것 같다.

키먼에게 숙소의 위치를 가르쳐 주지 않은 것은 약간의 방어책.

만일의 경우라는 게 있다.

호로는 그렇다 쳐도, 콜을 인질로 잡히기라도 했다가는 그 아무리 억지스러운 소리라도 따르지 않을 수 없게 된다.

그런 까닭에 일단 숙소로 돌아가자, 콜은 지친 듯이 테이블 위에 엎드려 있었다.

"아, 안녕히 다녀오셨어요…."

묘하게 얼굴이 땅겨 보인다.

무슨 일이 있었나 싶은 것도 한순간, 테이블 위에 놓인 조악한 훈제청어와 반쯤 깨졌거나 구부러진 거무튀튀한 동화를 보자 왠지 짐작이 갔다.

거지로 가장해 정보를 캐러 갔는데 거기에서도 대인기였던 것이리라.

"…지쳤습니다."

"보니까 알겠다. 그렇게 지친 걸 보니 꽤 많이 알아 왔겠구나."

호로는 지친 웃음을 짓고 있는 콜에게 다가가더니 양손으로 눈초리 언저리를 주물주물 댄다.

로렌스도 독립한 지 얼마 안 된 즈음에는 애교 있게 보이려고 하도 웃음을 짓고 다니다가 얼굴이 땅겨서, 밤에 잠을 자다 보면 근육이 멋대로 실룩댈 때가 있었다.

물론 그 무렵엔 혼자서 굳은 얼굴을 풀어야만 했으나.

"어어…, 예. 역시 로렌스 선생님이 말씀하신 대로였어요. 진 상회는 돈을 벌고 있기는 할 텐데도 제대로 먹지도 못하고, 적선도 거의 해주지 않는다고 해요."

"그렇다면, 그 달걀도 어쩌면 시장에 내다 팔고 있는지도 모르겠군."

콜의 얼굴을 주물럭대면서 호로는 다소 아련한 시선이 된다.

"말 그대로 '향응'이었던 거야?"

"그럴지도 모르지. 그렇다면 늑대 뼈에 관한 이야기, 레이놀즈는 진심일 수도 있겠군."

혹은 최후의 희망인 것인가.

키먼의 이야기에 따르면, 에이브는 그때그때 가장 큰 이익을 낼 수 있을 만한 누군가와 비밀리에만 교섭을 갖는다고 했다.

그런 식으로 장사를 한다면 뭔가 명확한 목적이 있지 않은 한

에이브에게 다가가고 싶어 하는 패들은 없을 것이다.

왜냐하면, 좌우지간 뭐든 상관없으니 접촉을 해서 장사판을 넓히고 싶어 하는 것은 너무도 위험한 도박이 되기 때문이다. 어디에서 누구와 어떤 이익을 놓고 에이브가 연결되어 있는지 알 수 없다.

그렇다면 역시 레이놀즈는 늑대 뼈를 손에 넣기 위해 에이브와 협력하고 싶어 한다고 판단된다.

레이놀즈는 늑대 뼈가 어디에 있는지 알기는 하나, 그 소유주와 교섭할 연줄이 없기 때문에 에이브에게 중재를 부탁하고 싶어 한다고 생각하면 앞뒤가 잘 맞는다.

이름이 팔린 귀족이나 대주교가 뼈를 갖고 있는 것도 충분히 생각할 수 있다.

그러나 그들은 아무 상인이나 교섭을 하지는 않는다.

그들이 교섭하는 것은 귀족의 칭호를 돈으로 살 수 있을 정도의 대상인이거나, 또는 귀족 그 자체다.

"내가 들은 이야기도 그런 얘기에 힘을 실어 줄 만한 내용이었어."

"어떤 거였는데?"

"일전에 그 소동을 벌였던 도시의 교회가 참 용감무쌍하게 신의 가르침을 전하고 있나 봐. 그 기세가 롬강 일대의 신의 어린양들을 고무시키고 있는데다, 이교도들의 보금자리인 북쪽 산중에도 미쳐서, 최전선에서 이교도들과 싸우는 신의 전사들이 큰 용기를 얻고 있다는군."

그 말에 콜이 벌떡 몸을 일으키더니 호로를 똑바로 쳐다본다.

여차하면 콜의 고향도 교회의 손에 넘어갔을 수 있다는 얘기다.

"하지만 북쪽 이교도들의 저항이 거세서 그들을 개종하는 일이 진전되고 있지 않으니, 내가 그쪽으로 돌아간 뒤에 일가친척들한테 잘못된 사상을 주입받더라도 길을 잃지 않도록 조심하라더라."

콜은 눈에 보이도록 안도했다. 어찌나 맥을 탁 놓는지 어깨 폭이 반으로 줄어든 것 같았을 정도다.

호로는 교회의 특기대로 거짓말을 한 것은 아니지만 듣기에 따라서는 영 헷갈리는 이야기를 잔뜩 듣고 온 게 분명하다.

그런 식의 이야기를 웃으면서 듣고 있을 만큼 호로는 인내심이 강한 편이 못 된다.

기분이 좋지 않은 한, 고향을 놓고 누군가를 놀리거나 하지는 않을 것이다.

"이교도에 대해서만큼은 절대 약한 모습을 보이려 하지 않는 게 교회라는 곳이지. 그만큼 진실에 가까운 식으로 말했다는 건, 실제로 상당히 절망적이라는 얘기야. 그렇다면 레노스 교회가 주교좌를 두고 싶어 하고 있다는 점을 비추어볼 때, 늑대 뼈를 손에 넣어 형세 역전을 시도하려 하고 있다고 보는 것도 전혀 엉뚱한 발상은 아니겠군."

"그렇지. 뼈에 대한 소문이 났으면, 이교도의 가르침이 얼마나 잘못된 것인지를 지적하기 위해 자기네들이 어서 빨리 손에 넣어야 한다고 생각했겠지. 멍청한 놈들."

로브가 들릴 정도로 꼬리가 부푼다. 호로는 그렇게 내뱉듯 말하고는 침대 위에 거칠게 걸터앉았다.

로렌스는 그런 호로에게 달리 해줄 말이 없어, 살짝 한숨을 쉰 뒤 상황을 정리했다.

"진 상회가 늑대 뼈를 찾고 있는 것은 분명할 거야. 그게 어디 있는지도 알고 있고. 또는, 교회의 손에 넘어가려 하는 중이라 해도 될 거야."

"그럼 그 뭐시기 상회에 가 보면 되는 거야?"

호로가 눈을 치켜뜨는 건 언제고 무섭다.

날카로운 송곳니 두 개를 슬쩍 내보이며 묻는 호로에게 로렌스는 고개를 가로저었다.

"모든 것을 폭력에 의존해 해결하려 든다고 쳐. 그랬다가는 네 존재가 반드시 표면화될 테고, 그러면 교회는 격분하겠지. '이교신이 실제로 존재한다. 올바른 믿음 하에 살아가는 자들이여, 일어나 검을 들어라!' 라고."

덤비기만 해봐, 모조리 물어죽일 테니— 라고 할 만큼 호로는 어린아이가 아니다.

수적 차이는 이해하고 있을 테고, 무엇보다 그 행위가 정체상태의 교회에 다시금 권위를 부여하게 된다는 것을 모를 리 없다.

"가능하면 돈. 최악의 경우엔 몰래 훔쳐내야겠지."

"그런 안이한 생각으로—"

그렇게 말하려던 호로를 가로막은 것은 로렌스의 차분한 시선.

"큰돈은 사람도 우습게 죽여. 돈만 있으면 네 고향을 알몸뚱이로 만들 수도 있다고. 안이한 게 아니야."

로렌스는 상인이고, 상인은 돈을 버는 일에 목숨을 건다.

그것이 얼마나 힘든지도 알고, 또한 위력도 안다.

납득이 될 것 같으면서도 안 되는지, 호로는 나직하게 신음한 뒤 고개를 홱 돌렸다.

"하지만, 그런 식으로 사태를 안식한다고 해서 뭔가 긍정적으로 바뀌는 것도 아니야."

"…어째서? 그 뭐시기 상회가 암여우의 협력을 바라고 있다면 선택할 수 있는 길은 두 가지가 있는데?"

"두 가지?"

현랑이라 칭송받는 저 머리가 진면목을 발휘하는 건가 싶어서 로렌스가 돌아보자, 호로는 콜의 머리를 토닥이면서 의기양양하게 말했다.

"이 녀석의 지혜로 그 상회를 협박할 수 있을지도 모르잖아?"

진 상회가 취급하고 있는 동화의 수수께끼.

로렌스는 "하긴." 하고 중얼거린 뒤 한 번 더 물었다.

"다른 한 가지는?"

호로는 그 말에는 몹시 야릇한 미소를 짓더니 로렌스에게 다가온다.

뭔가 꺼림칙한 예감이 든다. 명확한 이유가 있어서가 아니라 여태껏 호로와 지내온 경험에서.

"그 상회가 바라는 대로 암여우한테 다리를 놔주고, 뼈가 어디 있는지는 암여우가 찾아낸 뒤에 캐내면 되지."

호로와 로렌스는 머리 하나 만큼 키 차이가 난다.

로렌스의 눈앞에 서 있으면 호로는 딱 올려다보게 되어 있으나, 그럼에도 압도를 당하는 쪽은 로렌스다.

"진 상회 쪽이야 아직 가능성이 있다 쳐도, 에이브 쪽은 분명히 문제가 있잖아?"

"그럴 것 같아?"

뭔가 비밀이 있는 것인가?

로렌스는 그렇게 생각했으나 상식적인 판단으로는 '그건 아니다'가 분명하다.

"그래. 그러는 게 에이브에게 무슨 이익이 있겠어? 우리가 늑대 뼈의 행방을 물으면 에이브는 대번에 가로채일까 경계하고 나설 게 뻔한데. 뭣 때문에 그 에이브가…"

하고 말을 하려다가 호로의 도발적인 웃음을 알아챘다.

꼬리가 언짢은 듯이 흔들흔들 대고 있는 것은 그래서인 것이다.

"홀리도록 만들면 되지. 당신은 이 현랑도 홀리려고 들잖아? 그게 뭐 대수겠어?"

미인계는 정상적인 거래를 초월한다.

로렌스가 상인으로 몇 년을 헤쳐 온 끝에 경험으로 터득한 것을 이 현랑은 이미 알고 있다.

다만, 호로가 그것을 이토록 언짢아하는 이유를 모르겠다.

그게 과연 실행 가능할지 어떤지는 둘째 치고, 방법론으로서는 확실히 그럴 수 있다.

그런 가능성을 놓고 얘기할 정도면서 저토록 언짢아하는 건 또 뭔가?

로렌스가 호로의 웃음에 주춤하고 있자, 호로가 문득 뒤쪽을 쳐다본다.

"콜, 눈 가리고 귀 막고 있어."

"어…"

하며 주저한 것도 한 순간.

이미 호로에게 길이 든 모양인 콜. 순순히 따르니 무섭다.

호로는 만족스러운 한숨을 짓더니 이쪽을 다시 돌아보았다.

유감스럽게도 이쪽은 콜만큼 길이 들지는 못했다. 신통찮은 행상인이다.

"내가 모를 줄 알았어?"

호로는 마침내 웃음을 지우더니 로렌스의 귀를 잡고는 확 끌어당겼다.

"뭐, 뭘…?"

"뭘 먹었는지는 당신들도 입에 묻은 조각을 보면 알지. 하지만 난 냄새로도 알거든? 아무리 사소한 것이라도 그렇게 바싹 다가서면."

그렇게 바싹 다가서면, 이라는 말에서 그게 언제 일을 말하는 것인지 바로 깨달았다.

황금의 샘가에서 에이브의 이야기를 듣고 난 로렌스가 한심하게도 침울해 하는 것을 술집 2층에서 위로받았을 때.

하지만 그때 얘기를 왜 새삼스럽게 꺼내면서 화를 낸단 말인가.

로렌스는 그러다가 뭔가 이상하다는 생각이 들었다.

에이브와 만난 직후의 일과, 에이브를 홀린다는 이야기.

그리고 무엇을 먹었는지는 냄새로 알 수 있느니 어쩌니 하면서
또 빙빙 돌려 하는 말.

"아."

로렌스가 깨닫는 것과 동시에, 호로는 눈썹이 몇 개인지 헤아릴
수 있을 만큼 얼굴을 바짝 갖다 댔다.

"당신이 목숨 아까운 줄 모르는 수컷이 아니길 빌어. 용기와 무
모함의 차이를 가르쳐 줄 수고를 덜 수 있을 테니까."

황금의 샘에서 에이브와 이야기를 나누었을 때, 로렌스가 마시
던 맥주를 에이브도 마셨다.

나그네들은 그렇게 돌려 마시는 일이 흔해서 별로 신경 쓰지 않
는다.

하지만 그것은 행상인의 상식일 뿐, 호로도 그렇다고는 할 수
없다.

"너 그건, 오해다?"

하다못해 그 점만이라도 의연하게 주장하자, 호로는 로렌스의
귀를 거칠게 확 놓더니 당연하다는 듯이 조용히 말했다.

"그런 건 나도 알아. 나는 못 속인다는 것을 가르쳐 주는 것뿐이
지."

별로 아프진 않았으나 로렌스는 귀를 비비면서 어이없다는 듯
이 눈길을 피한다.

불안하면 불안하다고 확실히 말을 하면 귀여울 텐데, 라고 말을
했다가는 귀를 물어뜯기겠지.

그리고 에이브 어쩌고 하는 것은 어디까지나 가능성일 뿐이고,

그런 가능성에 거는 것은 그야말로 막다른 골목에 몰렸을 때 얘기다.

그게 아니면, 그런 수단조차 정말로 고려하고 있다는 뜻인가.

호로가 순순히 시키는 대로 테이블에 엎드려 있는 콜을 일으키는 것을 바라보면서 그런 생각이 들었다.

로렌스는 왠지 알 것 같았다.

호로는 정말로 불안한 것이다.

늑대 뼈를 둘러싼 이야기가 현실감을 띠기 시작하면서 점점 더 불안감이 강해지고 있는지도 모른다.

"우선 당장 해야 할 일은—."

로렌스는 생각에 잠겨 있다가 묘하게 기운찬 호로의 목소리에 퍼뜩 정신이 들었다.

콜은 호로의 지시에 따라 테이블 위를 정리하고 있다.

대체 뭘 시작하려는 건가 했는데, 호로는 어느 틈에 로렌스의 허리춤에서 빼낸 돈 주머니를 가볍게 흔들면서 이렇게 말하는 것이었다.

"이제 고집은 그만 부리고 콜한테 가르쳐 달라고 하는 거야. 당신이 꼭 암여우를 홀리는 쪽을 택해야겠다면 또 모르겠지만?"

로렌스는 물론 어깨를 으쓱하며 한숨을 지었던 것이었다.

창에 유리를 다는 것은 일류 상회나 가능한 일.

보통은 아무것도 달지 않거나, 기껏해야 기름 바른 천을 붙여

놓을 뿐이다.

그러니 바깥이 아무리 추워도 대개는 나무창을 활짝 열어 바깥의 빛이 들어오게 한다.

로렌스 일행이 머무는 여관방도 물론 예외는 아닌 터라, 바깥을 향해 열린 창을 통해 떠들썩한 소리와 더불어 싸늘한 공기가 가차없이 흘러들고 있다.

그러나 그때만큼은 찬바람마저 잊었다.

그게 신경 쓰이지 않을 만큼 뜨거운 뭔가를 하고 있었던 것이 아니다.

망연자실이라는 것은 바로 이런 걸 두고 하는 말.

"…이럴 수가…"

로렌스는 그렇게 중얼거리는 게 고작이었다.

눈을 몇 번이나 비비면서 확인한다.

물론 그런다고 테이블 위의 현실이 달라질 리는 없다.

"음…. 상식이라는 것은 확실히 성가신 상대지만…. 아무리 그래도… 그렇지?"

장사를 하는 데 있어 사기 비슷한 수단은 얼마쯤 알고 있었으나, 그런 것들은 복잡하면 복잡할수록 강력했다.

환전상의 환전사기는 때로 수백 종에 달하는 동서고금의 복잡한 환전 시세에서 개발되는 것이고, 상품 매매를 둘러싼 사기는 대개 복잡한 눈속임이거나, 시간과 관련된 얽히고설킨 거래 등의 문제다.

물론 단순히 명쾌한 수단이라는 것도 있을 수 있으나, 대부분의 경우에는 그런 수단과는 대조적으로 사기꾼의 교묘한 말주변으로 이루어진다.

내막과 수법이 단순하기 짝이 없는 것에 이토록 놀라기는 오랜만이었다.

"어어… 수량은 잊어버렸습니다만, 아마도 이 방법을 쓰면 약간의 조정을 거쳐 동화를 담은 상자가 57상자에서 60상자가 된다고… 생각합니다."

로렌스와 호로가 너무 놀라자 콜은 자신 없는 듯이 말했다.

"아니, 이 방법이 맞을 거다. 그래, 이러면 들키지 않겠지."

"그러게. 그나저나… 으음."

호로는 분한 듯이 끙 소리를 내면서 콜의 볼까지 꼬집었다.

로렌스는 그런 짓을 할 기분조차 들지 않는다.

콜이 풀어낸, 수입할 때는 57상자였던 동화가 수출할 때에는 60상자가 되어 있는 수수께끼.

그 해답은, 화폐를 한 줄씩 똑같은 개수로 늘어놓아 깨끗이 상자에 담느냐, 아니면 한 줄씩 엇갈려서 담느냐에 달린 것이었다.

두 방법 모두 꽉 채워지기 때문에 동화를 몇 개 훔쳐내면 바로 표가 나게 된다.

구두나 문서상에 '상자 속에 화폐를 꽉 채운다'고 되어 있으면 일단 알 수가 없는 데다, 애초에 크기가 정해진 상자를 꽉 채워 운반하는 것은 동화의 개수를 세는 수고를 더는 것과, 도중에 화폐를 몰래 **빼내면** 바로 알 수 있도록 하기 위해서다. 그러니 어느 시점, 어느 장소에서 그 상자 안에 동화가 몇 개 들어 있는지를 알 수 있는 것은 최종적으로 상자를 받아든 구매자뿐이다.

운반 도중의 상자 속에 동화가 몇 개 들어 있는지는 아무도 신경 쓰지 않는다.

왜냐하면 관세는 상자의 수에 매겨지고, 운송료 또한 상자의 수에 따라 정해지니까.

"그런데 이걸 아무도 눈치 못 챘단 말이야?"

"응?"

"콜이 똑똑한 건 인정하겠는데, 세상에는 똑똑한 놈들이 하나 둘이냐고. 몇 년씩 이런 짓을 하면 이런 수법을 알게 되는 놈들도 나오게 돼 있잖아?"

롬강에서 진 상회에 동화 상자를 운반하는 일을 맡고 있는 라구사 선장은 그 일을 1년에도 몇 차례씩, 2년 남짓 해 왔다고 했다.

2년에 걸쳐 그러다 보면 한두 명쯤은 이런 수법을 알게 된 자가 동화 상자를 열고 안을 들여다봤을 수도 있다.

그러나 한 가지 중요한 점이 있다.

"진 상회는 필시 관세와 운송료를 절약해서 과외의 이익을 취하고 있겠지만, 이런 수법을 써서 부정하게 이익을 얻고 있는 것을 알아채기 위해서는 조건이 필요해."

"흐음?"

"…아! 명세서 말씀이시죠?"

호로에게 볼을 꼬집힌 상태라도 생각할 게 있으면 신경 쓰이지 않는다.

콜은 그런 꼴로도 바로 웃으면서 대답을 하더니, 정신이 확 들어 호로를 쳐다보았다.

호로가 콜의 뺨을 꼬집고 있는 손에 더욱 힘을 준 것은 그것이 정답이기 때문이다.

"그래. 수출과 수입의 명세서가 있어야 비로소 부정을 저지르고 있지는 아닌지 의심을 할 수가 있지. 허구한 날 이런 사기를 의심하기에는 세상에 유통되는 상품 가운데 이 수법이 통하는 것이 너무나도 많아. 그러니 일일이 조사할 수가 없는 거겠지."

매사에 주의를 기울이며 살아가려 해도, 눈에 채 들어오지 않는 것이 얼마나 많은지.

로렌스는 테이블 위에 늘어서 있는 화폐 하나를 집어 들며 한숨을 지었다.

"그럼."

하며 한바탕 콜을 갖고 장난을 친 호로가 말문을 열었다.

"이로써 그 상회를 협박할 무기는 손에 넣은 거지?"

호로가 눈을 반짝반짝 빛내며 묻는다.

로렌스는 거기에 찬물을 끼얹을까 말까 망설인 끝에, 속이는 것은 되레 역효과라고 생각했다.

기대를 했다가 실망을 하게 되면 영향이 더 크다.

"유감이지만."

로렌스가 그렇게 운을 떼자 호로의 웃음이 그대로 굳는다.

"무기라고 하기엔 너무 빈약해."

"왜?"

웬만한 언짢은 얼굴보다 훨씬 더 무섭다.

그러나 말을 번복한다고 문제가 해결될 리 없다.

"동화가 든 상자를 세 상자 적게 만들어 관세와 운송료를 속여서 이익을 취하고 있다. 그 사실이 들통 나면 확실히 진 상회는 얼마간의 벌금을 물거나 또는 상회로서의 신용을 잃게 되겠지. 하지만…."

"하지만 그런 불이익과, 뼈에 관한 이야기와 관련된 이익의 차가 너무 크다. 이 옷을 살 때랑 같은 얘기지?"

호로는 자신의 옷을 붙잡으며 그렇게 말했다.

불만스러운 표정에 비해 침착한 것은 납득하지 않을 수 없다는 것을 알았기 때문인가.

"그렇지. 진 상회가 반쯤 재미 삼아 늑대 뼈 이야기를 쫓고 있다면 딱 좋은 무기가 될 수도 있겠지만."

호로는 불만스러워 하기는 했으나 수단 하나가 사라진 것에 대해서 맥이 빠져 하지는 않았다.

호로가 그러기도 전에 동화의 수수께끼를 푼 콜이 먼저 어깨를 늘어뜨렸기 때문이다.

자신의 지혜가 도움이 될 거라고 기대했었던 것이리라.

방금 전까지 콜의 뺨을 꼬집었던 호로는 이번엔 누나처럼 콜의 머리를 마구 쓰다듬었다.

"뭐, 그렇게 큰 문제는 아니니까. 그리고 사과를 하나 사고파는 데 가볍게 당하는 것보다야 낫다면 낫지."

"맞는 말이야. 한 방법이 안 될 것 같으면 다음 방법을 쓰면 돼."

물론 말을 하기는 쉽고 행동하기는 어렵지만.

레이놀즈가 늑대 뼈 이야기와 나란히 저울에 올려놓고 잴 만한 뭔가를 확보하면 좋겠으나, 그런 것을 쉬사리 확보할 수 있다면 세상에 고생할 사람 아무도 없다.

또는 레이놀즈도 정보를 수집한 끝에 뼈가 있는 곳에 대한 단서가 될 만한 것을 손에 넣었을 테니, 자신들도 그것을 따라 정보를 모아야 할 것인가.

케르베에서 장사를 하고 있는 레이놀즈가 정보를 입수한 것이니, 한 조각쯤은 키먼도 알고 있을 수도 있다.

키먼이 무엇을 꾸미고 있는지는 모르겠으나 에이브를 얽어서 로렌스에게 뭔가를 시키려고 하는 것만은 분명하므로, 그에 대한 대가로서 정보를 요구하는 것은 가능하리라.

도시 내에 뭔가 문제가 있는 모양이니 한동안은 어렵겠지만, 키먼 쪽은 오래 기다려야 한다 해도 별 상관없다.

문제는.

"다음 수단을 생각하려 해도, 문제는 에이브가 언제 이곳에서 사라질지 모른다는 거야. 말투로는 이 도시의 귀찮은 관계를 모두 내버리고 떠날 기세였으니까. 오랫동안 돌아오지 않을 수도 있어. 그걸 레이놀즈가 알게 되면 어떻게 될까?"

"바로 얘기를 꺼낼 수도 있겠지."

언제든 시간이 적이다.

로렌스가 고심하고 있자 호로가 이어서 입을 열었다.

"그럼 암여우를 홀리는 수밖에 없겠군."

로렌스는 '방금 전까지 그렇게 싫어했으면서' 하는 시선을 던졌다.

그러나 여차하면 그런 바보 같은 수단도 고려하는 수밖에 없다.

기회를 놓치면 그것으로 끝. 영원히 손에 넣을 수 없게 되는 물품은 실제로 많이 존재한다.

더욱이 교회의 권위와 관련된 것이라면 어둠에서 어둠 속으로 사라지고 말 가능성이 크다.

호로는 콜의 머리카락으로 장난을 치면서, 로렌스는 턱을 쓰다듬면서 이런저런 가능성을 생각한다.

콜도 호로가 시키는 대로 가만있는 것을 보면 아마도 뭔가를 생각하는 중이겠지만, 세 사람이 있다고 반짝이는 지혜가 떠오를 턱이 없다.

시간만 자꾸 흘러가자, 생각을 하다 지겨워졌는지 호로는 콜에게서 떨어져 침대로 가 걸터앉더니 꿈지럭꿈지럭 꼬리를 꺼냈다.

그 모습에 로렌스가 콜을 돌아보자 콜도 마찬가지로 이쪽을 쳐다본다.

일단 휴식이네요, 하는 시선에 쓴웃음을 지으며 고개를 끄덕인 그 순간이었다.

"윽."

하며 당사자인 호로가 고개를 들더니 복도 쪽으로 귀를 쫑긋 세웠던 것이다.

로렌스를 놀리기 위해 방 밖을 걷는 인간의 발소리를 정확히 가려내 듣던 호로.

그 귀의 정확성은 이내 증명이 되었다.

"로렌스 씨. 그래프트 로렌스 씨."

문을 두드리는 것과 동시에 이름을 불렀다.

목소리의 주인공은 여관주인이었으나, 굳이 주인이 객실까지 올라온 것은 어떻게 된 일인지.

셋서서 서로 눈짓을 할 것까지도 없이 콜이 즉시 일어나 문으로 달려갔다.

요금은 선불로 이미 치렀고 빌려온 컵과 접시를 깨먹은 기억도 없다.

로렌스가 그런 생각을 하고 있노라니 문이 열리면서 여관주인이 서 있는 것이 보였다. 묘하게 등이 구부정한 자세로 주위를 두리번거린다.

"오오, 계셨습니까."

"예. 무슨 일이십니까?"

"예, 그게 말씀입니다. 아까 이걸 전해달라고 부탁을 받아서요."

"저에게요?"

여관주인이 대체 뭘 내놓으려는 것인가 싶은데, 품에서 꺼낸 것은 한 통의 편지.

로렌스가 그것을 받아들고 열어 보니, 깨끗한 글씨로 이렇게 쓰여 있었다.

"리든 여관으로 와 달라…. 석상 이야기를 하고 싶다. 자세한 것은 여관주인에게… 맡긴다?"

중얼거리면서 내용을 읽다가 고개를 들자, 주인도 로렌스의 손에 들린 편지를 쳐다보고 있었다.

로렌스와 눈이 마주친 순간 고개를 한껏 끄덕였다.

"하하. 그런 거였습니까? 알겠습니다. 그럼 외출 채비는 혼자로?"

무슨 소리인지 알 수가 없었으나, 로렌스는 다시 한 번 편지를 들여다보며 그 다음을 읽는다.

마지막 줄에 '혼자서'라고 돼 있었다.

"알겠습니다. 바로 마차를 준비하겠습니다. 잠시만 기다려 주십시오."

"아…, 예에."

얼빠진 대답이었으나, 로렌스가 그렇게 대답하자 주인은 공손히 머리를 숙이더니 잰걸음으로 달려 나갔다.

"어떻게 된 거야?"

"아니, 잘 모르겠는데…. 아아, 그렇군. 여기는 에이브가 소개해 준 여관이었으니까."

로렌스는 테이블로 돌아와 편지를 올려놓은 후 중얼거렸다.

호로는 자기한테 갖다 줄 것으로 알았는지 불만스러운 얼굴로 침대에서 내려온다.

"무슨 급한 일이라도 생긴 거겠지. 용의주도하군."

"혼자서 괜찮겠어?"

편지를 손가락 두 개로 집어 든 채 수상한 것을 감정이라도 하듯 코를 킁킁댄다.

있는 대로 인상을 찌푸리는 것을 보니 에이브의 것이 틀림없는 것이리라.

"잔뜩 홀리고 올게."

"멍청이."

호로는 그런 뒤 다시 한 번 같은 말을 반복했다.

"혼자서 괜찮겠어?"

이번에는 로렌스도 장난치지 않는다.

"속임수를 쓸 것 같으면 다른 방법도 얼마든지 있어. 무슨 이유가 있는 거겠지."

"……."

호로는 불만스레 입을 다문 채 꼬리를 파닥거리고 있다.

또 무슨 함정에 빠지는 게 아닌가 하여 걱정을 해주는 것인지, 아니면 믿음직스럽지 못해서 그런 건지.

어찌됐건 혼자 오라고 했으니 혼자 갈 생각이다.

이쪽이 먼저 의심하면 에이브는 훨씬 더 의심할 것이다.

로렌스가 말을 주저하고 있으려니 도움의 손길이 나타났다.

"염려 마세요. 호로 씨, 로렌스 선생님이 안 계신 동안 제가 있을 테니까요."

콜의 그런 희생적인 농담에 누군들 안 웃고 배기겠는가.

호로는 눈이 휘둥그레지더니 풋 하고 웃음을 터뜨렸다.

로렌스보다 열 살은 어린 콜이 이렇게 마음을 쓴대서야 현랑 호로가 고집을 피울 수 있을 리 없다.

이윽고 웃음이 가라앉자 가볍게 한숨을 쉬더니 어깨에 손을 얹었다.

"그러겠다는데? 나는 콜이 지켜 주는 가운데 당신이 돌아오길

기다릴게."

로렌스는 콜에게 눈짓을 했다.

호로가 웃으면서 대답을 하게 해줬으니 고맙기 그지없다.

"그럼 잠시 나갔다 올게. 수상한 놈이 와도 문 열어 주지 마. 그 녀석은 늑대일지도 모르니까."

농담처럼 말하자 호로는 어처구니가 없다는 투로 코웃음을 쳤다.

"뭐, 좋은 소식이 없을 경우, 내가 인간의 몸으로 계속 있을지 어떨지는 알 수 없지만."

전혀 농담으로 들리지 않았으나 대답은 나중에 하기로 했다.

대체 에이브에게 어떤 빚이 있는지, 빨리 오라는 말에 부끄럽지 않을 속도로 마차를 준비한 모양인 주인이 로렌스를 부르러 왔기 때문이다.

"그럼 자세한 것은 마부에게 들으십시오."

이렇게 되면 리든 여관이라는 데가 정말로 여관인지 어떤지조차 의심스럽다. 아마도 어딘가의 집을 그렇게 부르고 있는 것뿐이리라.

로렌스는 고개를 끄덕인 뒤 앞장선 주인을 따라나섰다.

콜을 데려오길 잘했다.

희생적으로 농담을 했을 때의 콜의 얼굴을 떠올리면서 그렇게 속으로 중얼거렸다.

여관의 뒷문을 통해 밖으로 나서자 거기에서 기다리고 서 있는 것은 검은 칠을 한 마차— 일 리는 없이 그냥 보통 마차였다. 그럼에도 로렌스는 주인이 내민 외투를 받아 눈 밑까지 푹 뒤집어써야 했다.

비밀리에 로렌스를 만나고 싶어 한다는 것은 이해가 되었으나, 어떻게 에이브가 이토록 여관에 영향력을 행사할 수 있는 것인지— 그 점은 알 수가 없었다.

뭔가 빚을 진 것이 있을지 모르겠지만, 그래도 묘한 기분이 들었다.

그런 의문은 잠시 후 리든 여관이라 불리는 건물에 도착하자 더욱 더 강해졌다.

자칫했다간 마차가 끼일 듯한 골목길을 지나, 구두를 짓는 직인이며 통을 만드는 직인이 이런 추위에도 불구하고 씩씩하게 문간에 나와 일을 하고 있을 듯한 구역에 들어서자 건물이 있었다. 에이브가 로렌스를 데리고 갔던 은신처처럼 낡고 거무튀튀한 건물 외관이 세월을 느끼게 한다.

길 건너편에는 옷을 만드는 공방인지 세 사람이 달라붙어 커다란 가죽을 한창 재단하는 중이었다.

귀족은 온갖 노동을 싫어한다.

그다지 고귀한 인간이 살 만한 구역이 아니었다.

게다가 아무리 직인 거리에 들어섰기 때문이라 해도, 로렌스는 그들의 시선에서 야릇한 느낌을 받았다.

서로 아는 사이들이나 이런 곳을 찾아올 테니 의아하게 생각하는 것은 당연하겠지만, 뭔가 그것과는 다른 눈빛을 던져오고 있었다.

말을 하자면, 그야말로 이쪽을 감시하는 듯한 그런 시선이었다.

"손님을 모셔왔습니다."

로렌스가 탄 마차를 몰고 온 마부가 건물 앞에 서자마자 지팡이로 문을 두드렸다.

너무 대놓고 얘기한다 싶어 놀라는 한편, 문을 두드리는 방식이약간 별스러웠던 것으로 보아 무슨 암호였으리라.

곧이어 문이 열리고 안에서 얼굴을 내민 것은 로렌스가 모르는 얼굴은 아니었다.

삼각주에서 에이브와 함께 있던 자들 가운데에서도 눈매가 사나운 젊은 남자 중 하나였다.

"안으로."

그리고 이번에도 또 로렌스를 감정하듯 훑어보더니 짤막하게 말하고는 뒤로 물러섰다.

뭔가 거대한 구조 속으로 말려드는 느낌을 떨칠 수 없었으나, 그것을 깨달았다고 해서 뾰족한 수가 생기는 것도 아니다.

겁만 내다가는 손해이니, 로렌스는 상인으로서의 호기심으로 무장한다.

무뚝뚝한 마부에게 가볍게 인사를 한 뒤 마차에서 내려선 후 주저 없이 문에 손을 대었다.

폐허 일보직전인 건물의 인상에 걸맞게 볼품없는 문이었으나 목재는 나름대로 괜찮은 것을 썼고, 무엇보다 삐걱대지 않는다.

216

문을 열고 안으로 들어가자 방금 얼굴을 내밀었던 남자가 벽에 기대 선 채 이쪽을 보고 있었다.

상인이라면 그 어떤 곳에 상품을 배달하더라도 웃음을 지어야만 한다.

로렌스가 싱긋 웃자, 보란 듯이 허리에 긴 칼을 찬 남자는 복도 안쪽을 가리키며 눈을 감았다.

벽은 돌과 나무가 반반, 마루는 그대로 흙을 굳힌 맨바닥으로 되어 있다.

원래는 직인의 공방이었는지도 모른다.

저벅 저벅 발소리를 내며 안으로 들어가자, 이런 계절에는 그 냄새만 맡아도 마음이 평온해지는, 나무 때는 냄새가 났다.

복도 막다른 곳의 문을 열자 작업장 겸 거실로 만들어진, 그러나 지금은 단순한 창고로 쓰이고 있는지 나무상자며 통이 생활감이 느껴지지 않는 모습으로 쌓여 있는 공간이 나타났다.

그런 방의 왼쪽에 벽난로가 있고, 그쪽은 다소나마 사람이 시간을 보낼 수 있도록 되어 있었다.

"놀랐나?"

의자에 앉아 벽난로 앞에서 불을 쬐고 있던 에이브가 양피지 다발에서 얼굴을 들었다.

그런 모습은 영지 주민의 진정서를 훑어보는 여귀족으로 보일 만도 했으나, 고개를 돌린 에이브의 얼굴을 본 순간 조금 놀랐다.

입술 왼쪽 끝이 벌겋게 부어 있다.

"추우니까 문은 닫아 줘. 잠기지는 않지만."

그 말이 농담이라는 것을 깨닫는 데에도 시간이 걸렸을 정도.

설마 넘어져서 다쳤을 리는 없을 테니, 누군가에게 맞은 것이리라.

"별안간 불러내서 미안하게 됐네."

"…아니요. 아름다운 분께서 비밀 은신처로 불러내신다면 영광입니다."

웃는 얼굴로 말하면 서툰 농담으로.

진지한 얼굴로 말하면 그 반대로.

"비밀의 은신처라. 거기 앉지 그래? 공교롭게도 나는 시중은 들지 않지만."

비어 있는 의자를 가리키며 에이브는 말했으나, 로렌스가 의자에 앉는 것을 지켜보기도 전에 시선은 손 안에 든 양피지로 떨어져 있었다.

"정든 내 집이라고 하기에는 다소 온기가 부족하네요."

에이브는 테이블에 왼쪽 팔꿈치를 댄 채, 여전히 벽난로 쪽을 향한 채 손에 든 양피지를 들여다보고 있다.

로렌스의 말에도 대답을 하지 않는다.

"뭐, 여름에는 시원해서 괜찮을지 모르겠습니다만."

"지금은 여름이야."

마지못한 듯이 돌아온 대답에 로렌스는 씩 웃으며 이렇게 말했다.

"그럼 더 잘됐네요. 바깥에 나가면 따뜻할 테니."

그러자 마침내 에이브가 고개를 들었다.

입가가 아픈지 눈으로 즐거운 듯이 웃어 주었다.

"큭큭. 맞는 말이야. 어서 바깥으로 나갔으면 좋겠네."

"왜 이런 곳에?"

'갇혀 있는 겁니까?' 라는 말은 아마도 방 밖에서 엿듣고 있을 자를 고려해서.

에이브는 한숨을 짓더니 양피지 다발을 테이블 위에 내려놓은 뒤 입을 열었다.

"당신도 여차하는 때를 대비한 무기는 감춰 두잖아?"

"…하긴 그러네요."

귀족 출신에, 키먼 같은 상업조합의 간부조차 높이 평가하는 에이브는 케르베 지주들의 비장의 무기인지도 모른다.

테이블 위에 놓인 낡은 양피지를 슬쩍 보니, 문장의 배열이며 상투적인 글귀로 볼 때 토지 거래 문서인 것을 알 수 있었다.

요컨대 에이브는 여기에서 혼자 작전회의를 짜고 있어야 하는 것이리라.

"이런 데서 검을 찬 자의 감시 하에 갇혀 있는 건, 이 계약과 관련된 건 아니야. 또한 이렇게 당신을 불러온 것은 함께 위험한 다리를 건너자고 하려는 것도 아니고."

목재와 모피의 도시 레노스에서 더할 나위 없을 만큼 위험한 거래를 감행했던 에이브이니 가능한 농담이다.

로렌스의 웃음이 어색하게 굳은 것은 연기에서가 아니다.

"붙잡혀 줘서 다행이야. 안 그랬으면 오늘밤은 빵을 잘게 뜯어 먹을 뻔했는데."

로렌스는 즐거운 대화의 시간에서 흥정으로 옮겨간 것을 자각했다.

에이브의 말이 뜻하는 바는 간단하다.

왼뺨을 맞은 자더러 오른뺨도 맞으라는 얘기다.

"당신을 부른 건 다름이 아니라, 지금 온 도시에 난리가 났지?"

"예에…. 이쪽 편의 어선이 남쪽으로 끌려갔다던가요."

"그래. 마치 신이 때를 가늠한 것처럼 절묘했어. 이야기가 퍼져 나간 건 우리가 삼각주를 떠나 이곳으로 돌아온 직후였거든. 이 도시는 강을 사이에 두고 완전히 따로 놀고 있지. 도시 안에 무슨 소동이 벌어졌다가는, 혼란을 피해 강을 건너는 건 불가능해져. 우리는 얼굴이 알려져 있으니까. 소동이 일어난 그 순간부터 강을 건널 수 없었을 거야. 정보를 모으러 간 밀정들은 강남으로 가기는 했어도 돌아오지는 못하고 있어."

이 도시에서 저 도시로 행상을 다니는 로렌스에게는 인연이 먼 이야기였으나, 구역 다툼으로 인해 벌어지는 그런 이야기가 영 이해가 되지 않는 것은 아니다.

에이브에게서 거기까지 듣자 로렌스는 자신이 불려온 이유를 알게 됐다.

그러나 그것이 얼마나 중요한 일인지는 모르겠다.

상인의 직감으로 바짝 긴장을 해야 하는 일이 아닌가 싶기는 했으나.

"감이 빠른 당신이니까 짐작했으리라 생각하는데, 알고 있는 정보가 필요해. 아마도 당신은 아슬아슬한 순간까지 삼각주의 상관에 있었을 거야. 뭔가 아는 거 없어?"

에이브는 로렌스가 상관에 있었다는 것을 알고 있다는 말투다.

합리적으로 생각하면, 로렌스가 로엔 상업조합의 소속이라는 것을 에이브도 알고 있으니 상관에 있었다고 예측하는 것은 어렵지 않다.

그러나 이런 상황에서 이런 이야기를 꺼냈다면, 에이브를 이곳에 가둔 자들의 하수인이 감시를 하고 있었다는 점을 의심하지 않을 수 없다.

물론 로렌스가 그런 식으로 생각하게끔 하는 에이브의 함정일 수도 있다는 것은 부인하기 어렵지만.

"약간, 입니다만."

"약간이라도 좋아."

테이블 위에 놓인 양피지로 시선을 떨어뜨린 것은, 어디까지 이야기를 감출 것인지 생각하기 위해서.

그러나 잠시 후 고개를 든 뒤에는 다 털어놓고 이야기했다.

"이쪽에 소속된 배가 강남 측 상회의 배에 끌려갔다고 하죠. 무슨 짐인지는 모르겠으나 그 안에 든 것은 검으로 지키기에 합당한, 또한 교회로 가져갈 만한 가치가 있는 것이었다더군요."

상대가 바라는 정보를 대가도 요구하지 않은 채 고스란히 이야기한 것에는 나름대로 계산이 있었기 때문이다.

"…그건, 전해들은 얘기인가?"

"일행이 교회 근처까지 갔답니다."

그렇게 말하자 에이브는 크게 한숨을 내쉬더니 눈을 감은 채 천

장을 우러렀다.

그리고 이내 몸을 바로 하고는 눈을 떴다.

"역시 그랬군."

에이브에게 거짓말을 하지 않은 것은 정답이었다.

로렌스에게서 약간의 정보를 끌어내기 위해 술수를 부릴 만큼 에이브는 한가하지 않은 것이다.

"당신이 말하기를 아까워하는 소인배가 아니라 다행이야."

"거물이었으면 부른다고 쪼르르 오지는 않았겠죠."

"하긴 그래. 하지만 이 세상엔 거물은 지날 수 없는 좁은 길들이 많지."

도시 내에서 일어난 소동에 관한 이야기를 로렌스에게서 들으려 하는 것은 불리한 도박이었으리라.

설령 로렌스가 상관에 있었다 하더라도 정보를 얻었을지 어떨지는 알 수 없다.

그럼에도 남의 눈을 피하는 듯한 방법으로 로렌스를 이곳으로 불러들인 데에는 다른 용건이 있는 게 분명하다.

그리고 막연히 짐작이 가던 그 용건이라는 것도 에이브의 말에 거의 알게 되었다.

"저더러 좁은 길을 지나오라고요?"

"당신은 이 도시에서 특이한 입장에 놓여 있거든. 이 도시와는 별 연관도 없으면서, 이곳의 인간들이 가장 연관을 맺고 싶어 하는 상대와 즐겁게 대화를 할 수가 있지."

에이브는 싱긋 웃었다. 눈까지 가늘어진다.

그 말을 듣고 로렌스의 뇌리를 스친 것은, 에이브와 아는 사이라고 말한 순간의 키먼의 표정.

"물론 공짜라고는 안 해. 이 얘기는 나를 이곳에 가둔, 좁은 뒷골목은 배가 걸려서 지나다닐 수가 없는 놈들이 제안한 거야."

양피지 한 장을 들어 팔랑팔랑 소리를 낸다.

서명과 인장이 들어 있는 계약서.

옛날 글씨체로 작성된 그것은 이 도시의 삼각주를 둘러싼 계약서였다.

"공교롭게 돈과 물자는 별로 없어도 인맥과 권력만큼은 건재하거든. 장사에 큰 보탬이 될 거야."

"멍에는요?"

로렌스가 묻자, 에이브의 얼굴에서 연기로 지은 웃음이 가시더니 무표정이 되었다.

"…되지."

그리고 자신의 왼뺨을 쓰다듬은 뒤 손바닥을 들여다본 것은, 피가 묻었는지 어떤지 확인하기 위해서였으리라.

"당신은 이 상처는 어떻게 된 거냐고 묻지 않네."

"어떻게 된 겁니까?"

로렌스가 재깍 되묻자 에이브는 어깨를 들썩이며 웃더니 마을 아가씨처럼 입을 가렸다.

정말로 즐거운 것이겠지만, 되레 딱해 보인다.

"못 당하겠군. 하지만 당신한테 부탁을 하는 건, 당신이 위치적으로 가장 적합해서 그러는 건 아니야."

"그렇다고 저한테 위험한 다리를 건너게 시킨다고 해도 당신 자리가 불안할 건 없죠."

이것은 잡담이 아니다.

방심하는 순간이 위험한 다리를 공짜로 건너게 되는 순간이다.

"내가 허를 찌르는 것과 당신이 완벽하게 막아내는 것이 동급의 난이도를 갖고 있진 않아."

"예. 일행과의 대화로 뼈저리게 느끼고 있습니다."

방어만 하다가는 언젠가 에이브에게 지게 되리라는 것은 안다.

에이브는 고개를 끄덕인 뒤 표정을 새로이 했다.

"아마 틀림없을 텐데, 이쪽 어부가 바다에서 잡아 올린 것은 일각고래야."

"일각…."

하고 로렌스는 소리를 지를 뻔하다가 황급히 뒤쪽의 문을 돌아보았다.

"저 자는 이야기나 엿듣는 값싼 임무를 맡은 게 아니야. 나를 이곳에 가둔 놈은 나한테 이런 짓을 하는 한편으로, 내 심기가 완전히 뒤틀릴까 봐 겁을 내고 있거든."

그 말을 어디까지 믿어야 할지 모르겠으나 의심한다고 별 수가 있는 것도 아니다.

로렌스는 고개를 끄덕인 뒤 자세를 바로 하고 다시금 물었다.

"일각고래라면, 그 불로장생의?"

"그래. 뿔이 난 바다괴물이지. 생고기를 먹으면 천년만년 장수할 수 있고, 뿔을 가루로 만들어 먹으면 만병이 통치되는."

로렌스는 미신이라고 믿고 있고 물론 에이브의 말투도 진심은 아니다.

"얼음과 같은 냉기가 없으면 죽는다고 들었는데, 이런 남쪽에까지 내려옵니까?"

"선원들의 말로는, 북쪽 바다의 날씨가 거칠어지면 그쪽의 물고기들이며 생물들이 이쪽으로 흘러들 때도 있다더군. 나도 일각고래는 들어본 적이 없지만. 사고 팔리는 것도 대개는 일각고래의 뼈라고 속인 사슴의 뼈나 뿔이지."

불로장생과 만병치료의 신비한 약에 관한 이야기는 수없이 많다.

게다가 이교도의 땅에서 나는 것일수록 정교도들은 더 믿고 싶어 하는 경향이 있다.

세상 사람들이 죽은 후에 늙거나 병드는 일 없이 평화와 행복만이 가득한 세계로 가고 싶어 한다는 것은, 이 세상이 그렇지 않다는 것을 증명하는 것과 마찬가지 이야기다. 교회의 가르침이 있는 곳에서는 적어도 불로장생은 얻을 수 없다는 이야기다.

각처를 돌아다니며 이곳저곳의 상품과 상담을 보고 듣는 상인과 나그네들, 그리고 질병과 죽음을 늘 곁에 달고 다니는 용병들은 물론 그런 것은 죄다 가짜이고 미신이라는 것을 안다.

그러나 그것을 모르는 이들이 있는 것이다.

땅에 묶여 자신의 영토에서 떠나 본 적이 없는 귀족들이 전형적인 예다.

살아 있는 일각고래가 있다면 근방의 귀족들이 거금을 싸 짊어지고 달려오리라.

"하지만… 그럼, 설마?"

"그렇지. 일각고래가 있으면 이쪽은 그 설마 하는 역전극을 펼칠 수 있게 되지."

의자의 다리가 꺾인 것처럼 느껴진 것은, 너무도 거창한 이야기 앞에 몸이 한순간 움츠러든 탓이었을 수도 있다.

아무리 봐도 사이가 좋지 않은 강북과 강남의 형세를 단숨에 역전시킬 수 있는 것이 잡혔다.

전쟁이 일어난다.

로렌스는 즉시 그렇게 직감했다.

"강남 측은 어디까지나 이쪽을 자기네의 통제 하에 두고 싶어 하니 대등한 입장이 되어선 곤란하거든. 이쪽은 일각고래만 있으면 그것을 판 대금으로 빚을 갚고도 남을뿐더러, 여차하면 어딘가의 영주를 끼고 전쟁도 불사할 각오를 하고 있어. 그렇다면 강남 측은 절대로 이쪽에 건네주고 싶지 않겠지. 빼앗아서 팔면 일석이조. 금액이 엄청나니까."

교회로 가져간 것은 강북 측이 무력을 쓰는 것을 조금이라도 견제하기 위해서이리라.

혹시라도 교회를 공격했다는, 그것은 곧 교회에 대한 전쟁행위가 된다.

"어때? 만약 이 골목길을 빠져나게 된다면 아주 굉장한 일이 기다리고 있을 것 같지 않아?"

그럴 것이다.

아마도 에이브는 로렌스가 로엔 상업조합의 조합원이라는 것을 최대한 이용하려 들 것이다.

이 도시의 강북과 강남 측 사람들의 사이는 최악이라 할 수 있다.

그런 와중에 에이브와 연관을 맺을 수 있으면서도, 이 도시에서 주목받고 있지 않은 로렌스는 희귀한 존재임이 분명하다.

밀정을 하기에는 이보다 더한 적임자가 없을지 모른다.

그러나 로렌스는 내색조차 하지 않은 사실이 있다.

에이브와 아는 사이라는 것을 이미 키먼에게 이야기하고 만 상태다.

"어때, 좀 해주지 않겠어? 아니…."

에이브는 짐짓 머리를 흔들더니 이쪽을 똑바로 쳐다보았다.

"어떤 보상을 해주면 되겠어?"

이것은 틀림없이 조합을 배신하는 행위가 된다.

에이브도 물론 그 점을 알고 있을 테고, 남쪽 지방 출신에게 상업조합이 어떤 것인지도 이해하고 있을 게 뻔하다.

그러면서도 이렇게 말하고 있는 것이다.

그 어떤 보상이든, 로렌스가 양손으로 쥘 수 있을 만한 것이라면 그 어떤 소원이라도 들어줄 자신이 있으니까.

그리고 실제로 그만큼의 이익이 얽힌 이야기이니까.

"생각해 보겠다— 고 하면?"

에이브는 말없이 고개를 가로저었다.

밀정이 되어 주지 않겠느냐는 부탁을 거절한다는 건, 당장에 적

군이 되는 것으로 판단해도 무방하다.

적어도 그런 생각 하에 대응해야 할 것이다.

그렇다면 '망설임'은 있을 수 없다.

그것은 이쪽에 붙어야 할지를 망설이는 것이나 다름없고, 그런 밀정만큼 믿지 못할 자도 없다.

그러나 로렌스는 망설이고 있었다.

키먼이 무슨 꿍꿍이인지는 알 수 없지만, 이것은 써먹을 수 있기 때문이다.

이런 제안을 들었노라고 키먼에게 가서 고해바치면 어떻게 될까?

키먼의 앞잡이가 되면 자신은 얼마만큼의 이익을 보게 될까?

저울의 양쪽 접시에는 엄청난 이익이 쌓여만 갈 뿐, 어느 한쪽으로 이내 기울지 않는다.

상인이라면 이해득실을 따지는 것이 당연하다.

아니, 그것 말고 또 뭐가 있겠는가?

"늑대 뼈에 관한 이야기… 였던가?"

로렌스의 그런 속마음을 들여다본 것인지, 아니면 처음부터 교섭의 일환으로 짜놓은 것인지, 에이브는 짤막하게 그렇게 물었다.

"감이 빠른 당신들이니 레이놀즈가 진심이라는 것은 어렴풋이 느끼고 있을 테지? 게다가 그 자는 내가 협력해 주기를 바라고 있지."

그러면서 에이브는 어렴풋이 웃었다.

역시 레이놀즈와 늑대 뼈의 이야기는 로렌스 일행이 예상한 대로이고, 그것은 에이브도 아는 바였다.

그렇다면 에이브는 레이놀즈가 누구에게 다리를 놓아 주기를 바라는지도 어느 정도 예측하고 있을 수 있다.

"…알면서 우리에게 소개장을 써 준 것이지요?"

"화났나?"

"아니요. 예상이 맞아서 기쁘기 그지없습니다."

에이브는 비웃는 듯이 웃으며 의자에서 일어나더니 벽난로 속에 장작 두 개를 던져 넣었다.

"강북에서 장작으로 벽난로를 땔 수 있는 사람은 많지 않아. 대부분은 토탄이지."

"하지만 가난한 자에 대한 적선은 이쪽이 더 많이 한다던데요?"

"큭큭. 그 꼬맹이라면 어딜 가건 인기일 거야."

에이브가 얼마만큼 손바닥에 땀을 쥐고 있는지 확인하고 싶을 정도다.

표정이야 휙휙 바뀌지만, 본심은 일관되게 감추고 있다는 것쯤은 알 수 있다.

"어때? 나쁜 이야기는 아닐 듯한데?"

"나쁜 이야기는 아니겠지요."

그러나 악마는 언제든 멋진 능력과 바꾸어 목숨을 빼앗아 간다.

로렌스가 이 이야기를 받아들이면, 그것은 틀림없이 조합의 이익을 해치게 된다.

해치는 정도가 아니라, 들키는 날에는 조합에서 추방되거나 재판에 회부되리라.

호로는 걱정 말라고 했지만, 돌변하던 키먼의 싸늘한 표정이 아무래도 떠오른다.

상인으로서는 물론이고, 과장이 아니라 목숨 그 자체가 날아갈 가능성이 있다.

"당신, 키먼을 만났나?"

표정으로 나타내지 않은 것은 강인한 자제심이 발동해서가 아니다.

에이브의 말이 너무 정확해서 표정으로 나타내지 못할 만큼 놀랐던 것이다.

"정보를 모으러 상관에 가면, 말을 묻는 끝에 반드시 내 이름이 나올 테니까. 그때 그 녀석이 어떻게 대응했을지도 눈에 선해."

순수하게 즐기는 것처럼, 그야말로 옛 친구에 대한 이야기를 하듯이 에이브는 말했다.

그게 아니면 에이브에게는 키먼조차 그 정도의 상대밖에 안 되는 것인가.

아니, 그럴 리는 없다고 로렌스는 자신에게 다짐했다.

"예에…. 훌륭한 상인이었습니다."

"하긴 그래. 어느 조합에든 천부적인 재능을 타고난 놈들은 있는데, 그 녀석이 바로 그렇지."

에이브는 생기가 넘치는 말투로 그렇게 말했다.

"그런데, 그분이 왜요?"

"무리할 것 없어. 그 녀석은 끈질기게 날 노리고 있거든. 상당한 협박을 당했지?"

가늘어진 에이브의 눈은 은빛으로 물든 얼음 숲이 어울리는 늑대의 눈이다.

　"…예에."

　"뭐, 무서운 녀석인 것은 사실이지. 나도 몇 번인가 골탕을 먹었으니까."

　테이블 위를 바라보는 에이브의 입가에 어렴풋이 미소가 깃들었다.

　추억은 웃을 수 없는 일일수록 더 웃음이 나게 한다.

　그러나 언제까지 그 속에 잠겨 있을 만큼 에이브는 한가하지 않다.

　"저기."

　"왜요?"

　에이브는 담백하게 말했다.

　"차라리 이참에 조합 같은 데서 나오면 어때?"

　놀라기 이전에 당치도 않다고 생각했다.

　"상인이 조합을 나와서 대체 어디로 가게요?"

　광대한 상업망과 무수한 특권, 지명도, 거기에 동반되는 다양한 이익.

　그리고 세계 각지에 동료가 있다는 안도감.

　그런 비호 밖으로 나간다는 것은, 어느 날 느닷없이 파산을 하는 것이나 다를 바가 없다.

　"우리한테 오면 되지."

　양피지의 끄트머리를 손으로 만지작거리며 에이브는 중얼거리

듯이 말했다.

"우리한테?"

"그래. 우리한테 오면 돼."

레이놀즈가 말한 볼란 상회라는 단어.

그것은 실제로 존재하는 것이었던가.

로렌스가 그런 생각을 하고 있으려니, 에이브는 아득한 시선으로 자신의 입가를 가리키며 말문을 열었다.

"내가 이런 곳에 갇혀 있는 건, 이 상처를 낸 놈의 명령이야."

자신의 입가를 가리키는 에이브의 손가락은 호로와는 또 다른 여자의 손가락이다.

가늘고 길면서도 다부진 흰 손가락.

로렌스는 인어의 노랫소리에 넘어가지 않으려고 애쓰는 선원처럼 귓속에 납물을 흘려 넣을 각오를 했다.

"삼각주의 계약을 맺은 지주의 손자에 해당하는데. 나이는 나보다 두 살 밑이고, 신경질적인데다 돈에 대한 집착은 나랑 막상막하지. 또, 그것과 같은 정도로 내가 소중한 모양이야."

비아냥대는 듯한 웃음.

그런 얼굴이 쓸쓸해 보인 것은 착각일까.

"그 녀석은 이곳을 떠나는 게 꿈이거든. 일각고래를 손에 넣은 후엔 그걸 밑천 삼아 남쪽으로 내려가서 대상회를 만들자고 아주 진지한 얼굴로 말하지. 너하고라면 아버지의 코를 납작하게 해줄 수 있다고 씩씩대면서, 날 때린 오른손으로 내 어깨를 붙잡더군."

말이 끊어진 사이에 에이브는 슬쩍 웃을 뻔하다가, 그것을 심호

흡으로 얼버무리는 것이 느껴졌다.

그러나 되삼킨 그 웃음은 피가 되고 살이 되어 에이브의 의지 하에 얼굴에 나타났다.

"이걸 배신하지 않을 순 없잖아?"

에이브는 무시무시한 말을 하고 있다.

로렌스에게는 조합을 저버린 채 일각고래에 관한 정보를 모아 오라고 설득하고 있다.

지주들이 케르베의 주도권을 다시금 손에 넣을 수 있게 하려는 목적에서.

그러나 그것은 표면상의 이유일 뿐, 에이브에게 직접 명령을 내리고 있는 지주의 아들은 일각고래를 손에 넣으면 케르베를 버린 채 남쪽으로 가자고 하고 있다.

그리고 에이브는 그 아들을 배신할 것이라고 한다.

로렌스를 향해.

배신을 했던 그 입으로.

"키먼은 나를 이용할 속셈이겠지."

로렌스의 머리는 에이브의 말을 따라가지 못한다.

입 밖으로 나오는 말 하나 하나가 너무 무거워서, 미처 새겨들을 짬이 없다.

"그 탕아가 나한테 홀딱 반해 있는 걸 알거든. 나를 통해 그 녀석을 속여먹을 심산인 거야."

눈가리개를 한 채 전쟁터로 나아가고 있는 것이나 다름없다.

로렌스가 알지 못하는 정보, 알 수 없는 정보, 또한 그 진위를 판단하는 것조차 불가능한 정보를 바탕으로 에이브는 그림을 그리고 있다.

그런 그림의 설명을 들은들 이해가 되지 않는다.

이해가 될 리 없다.

"목적은 지주들의 숨통을 끊는 것. 아마도 토지의 권리와 맞바꿔서 일각고래를 인도하는 계약을 맺으려 들겠지. 권리증서는 키먼의 손으로 넘어가고, 일각고래는 아들에게 빼돌려지고. 황당무계하다고 생각하지? 하지만 이런 얘기를 내 입을 통해 그 탕아에게 하게끔 만들어 봐. 정상적인 거래는 언제든지—."

에이브는 관객이 숨 막혀 죽지 않도록, 관객도 풀 수 있는 문제를 내놓았다.

"미인계로 초월할 수 있으니까요."

만족스럽게 고개를 끄덕인 것은 로렌스가 자리를 떠나지 않아서인가.

"키먼이 이런 짓을 꾸미는 이유도 물론 알지. 노인들은 변화를 싫어하거든. 타파하는 게 나을 상황이라도 오랜 기간 계속해 온 그것을 변화시킬 기개는 더 이상 없어. 그건 강북이든 강남이든 매한가지. 젊은 녀석들이 분통을 터뜨리는 것도 매한가지. 키먼은 필사적으로 머리를 굴리고 있을 거야. 묘하게 얽혀 돌아가고 있는 이 케르베를 쇄신하는 한편, 나아가 다른 조합과 상회를 제치고 자신의 이름을 드높이기 위해서는 어떻게 하면 좋을지. 그러기 위해서는 누구를 어떻게 이용하면 될지. 영리하고 합리적으로. 자신의 목적을 위해서."

"그렇게 그려진 함정을— 그녀라면 굴러가게 할 수 있을지 모른다."

로렌스는 그렇게 말을 하는 것이 고작이었다.

에이브는 한쪽 손바닥을 내보이며 항복의 자세를 취했다.

놀리고 있다는 것은 물론 안다.

"그런 이야기들이 사실인지 거짓인지 저는 확인할 길이 없습니다. 이럴 때는 제가 무엇에 의지해 판단을 내릴 것 같습니까?"

롬 강 유역을 자신의 구역으로 삼고 있는 늑대는 즐거운 듯이 웃으며 대답했다.

"과거의 경험."

"저는 한 번 속았으니까요."

"그랬지. 하지만 옛 상인들이 이런 좋은 말도 했거든."

치켜 올라간 입술 밑에서 날카로운 송곳니가 보이지 않는 것이 너무 이상했다.

"속는 셈 치고 해봐라."

에이브는 그러면서 키득키득 웃었다.

취해 있나 싶을 정도다.

아니, 취해 있는 것이리라.

이 속임수 그림 속에 또 속임수 그림이 들어 있는 듯한— 이 현란한 대화에.

로렌스는 결심을 한 뒤 자리에서 일어났다.

이곳에 이 이상 머무는 것은 위험하기 짝이 없다.

"대답은 '싫다'로 받아들이면 되려나?"

다리가 휘청거릴 만큼 취한 듯한 대화가 오간 직후임에도, 에이브의 목소리는 한겨울 강물처럼 싸늘하다.

로렌스는 등줄기가 서늘해진 것은 그래서일 거라고 생각했다.

"키먼은 필시 당신에게 협력을 요청하겠지. 당신은 이용하기 딱 좋은 입장에 있거든. 그런데…"

하며 에이브는 재미있는 듯한 웃음을 지었다.

"진 상회의 테드 레이놀즈는 내 인맥을 활용하고 싶어 하고 있거든. 내가 마음만 먹으면 내 귀에 대고 거래를 희망하는 상대의 이름을 속삭일 테지. 당신들도 늑대 뼈에 관한 이야기를 쫓고 있다고 하지 않았던가?"

귀족 출신의 여상인 에이브 볼란.

로렌스는 무의식적으로 허리에 찬 나이프에 손을 댔다.

"내가 맨손인 줄 알면 오산이야."

에이브의 얼굴에서 웃음기가 사라진다.

엿듣지 않을 거라고는 했으나 문밖에는 검을 찬 감시인이 있다. 설마하니 이 근방의 깡패들을 고용하고 있지는 않으리라.

칼싸움은 상인이 할 짓이 못된다.

로렌스는 천천히 나이프에서 손을 뗀 뒤 인사를 하고 돌아서서 걷기 시작했다.

에이브의 말이 들린 것은 로렌스가 문을 잡은 순간이었다.

"후회할 거야."

키먼과 똑같은 말.

로렌스는 이를 악물며 문을 열었다.

복도에는 여전히 감시인이 눈을 감은 채 벽에 기대 서 있었다.

잠자코 스쳐 지나가다 힐끗 보니, 허리에 차고 있는 칼은 걸쇠가 벗겨져 언제라도 빼어들 수 있도록 되어 있었다.

"입 밖에 내지 마."

그리고 그런 한마디를 중얼거렸다.

대답은커녕 고개를 끄덕이지도 않은 것은, 그런 건 말하지 않아도 안다는 의미에서가 아니다.

입 밖에 낼 수 있을 리가 없었다.

행상인으로서 이제 어엿한 한몫을 한다고 자부하게 된 지 벌써 몇 년째고, 한편으로는 이 세상에서 자신이 얼마만큼 보잘 것 없는 존재인지도 안다고 생각했다.

그랬는데, 무시무시한 구조의 한 끄트머리를 엿보게 되었다.

저들은 믿기지 않을 만큼 어마어마한 금액을 갖고 노는 도박사들이다.

사는 세계 자체가 다르다.

그런 생각을 떨칠 수가 없었다.

현관문을 열자 마차가 대기하고 있었다. 로렌스를 위해 준비된 것이다.

"타십시오, 손님."

마부의 건너편으로 보이는 것은 여전히 가죽을 재단하고 있는 세 명의 직인.

로렌스는 깨달았다.

저들은 감시역인 것이다.

마부가 내민 외투를 받아 푹 뒤집어쓴 뒤 마차에 올랐다.

키먼에게 보호를 요청해야 할 것인지 자문한다. 에이브가 저렇게까지 손바닥을 내보인 이상 로렌스를 가만 놔둘 리가 없기 때문이다.

그게 아니면, 이쯤에서 케르베를 도망치는 것도 한 선택일 수 있다.

시세를 알 수 없는 시장에서는 일절 거래를 하지 않은 채 내빼야 한다.

묵묵히 생각에 잠겼다가 정신이 들고 보니 여관의 뒷문에 도착해 있었다.

굳은 얼굴의 근육을 움직여 마부에게 인사를 한 뒤 뒷문을 통해 안으로 들어가 한숨을 푹 쉰다.

문이 열리고 닫히는 것을 알아챘는지 주인이 얼굴을 내밀기에 로렌스는 말없이 외투를 내밀었다. 낯빛이 형편없는지, 주인이 마음을 쓰듯이 마실 것을 권했으나 사양한 채 곧장 방으로 향했다.

최선책은 이곳의 냄새를 맡기 전에, 또는 키먼이 본격적으로 나오기 전에 도망치는 것이다.

그렇게 되면 늑대 뼈에 관한 이야기의 단서를 잃게 된다.

그러나 진 상회가 진지하게 그 이야기를 쫓고 있다는 것은 알았으니, 어딘가 다른 도시에서 진 상회를 축으로 정보를 모으면 어떻게든 풀릴 가능성은 있었다.

로렌스는 문을 잡은 뒤 열었다.

당장 해야 할 일은 시시각각 닥쳐드는 이 폭풍 앞에서 자신들이 탄 작은 배를 지켜내는 것.

그 순간의 표정은 그 어떤 화가라도 그려낼 수가 없었을 것이
다.

"당신, 이런 게 왔는데?"

그러면서 호로가 로렌스를 향해 치켜든 양피지에는 한눈에도
알 수 있는 인장이 찍혀 있었다.

로엔 상업조합의 조합인.

새빨간 밀랍으로 찍힌 그 인장이 악마의 서명처럼 보였다 해도
과언이 아니리라.

입 안이 바싹 말라 있는데도 필사적으로 침을 삼키려 든다.

이미 조합에는 숙소의 위치가 들통 나 있었다.

키먼은 진심이다.

그리고 에이브가 한 말은 사실이다.

로렌스의 머리 위를 넘어 이야기가 굴러간다.

커다란 톱니바퀴가 삐걱 삐걱 소리를 내고 있었다.

8권. 끝

오랜만입니다. 하세쿠라 이스나입니다.

이번에는 부제에 나와 있는 대로 전후편의 구성 중 전편을 보내 드리게 되었습니다.

왜? 어째서? 하는 의문에 대답하는 것만으로도 책 한 권이 될 터라 긴 이야기는 하지 않겠습니다만, 가장 큰 원인은 플롯으로는 써내려가는 총 매수를 계산할 수가 없기 때문입니다.

필요한 것만 담을 작정이었건만 매수가 자꾸만 늘어갑니다.

머리를 쓰고 또 써서 페이지를 줄여 일단 원고를 완성시키기는 했는데, 분량도 많거니와 내용면에서도 약간 매끄럽지 못해, 차라리 전후편으로 나누어 하편을 다시 쓰는 것으로 하게 되었습니다.

그리하여 아름다운 두 달 연속 출판— 으로는 되지 못한 채 다소 시간차가 나게 되었습니다만, 기다려 주시면 감사하겠습니다.

하편은 로렌스가 멋질 것입니다.

적어도 플롯상으로는 그렇게 되어 있습니다!

그건 그렇고, 얼마 전에 굉장히 특이한 음식을 먹었던 관계로 이곳에 보고를 드립니다.

세상에나, 반달가슴곰의 둥지방회인 것입니다.

주인장이 굉장한 사냥꾼이라, 오키나와에서는 류큐멧돼지를, 나라에서는 사슴을— 그렇게 잡아온 사냥감으로 요리를 하는 가게인 것입니다. 사슴은 농담입니다만 멧돼지는 사실이라고 합니다.

그리하여, 반달가슴곰의 등지방.

사전에 들은 바로는 말의 갈기와 비슷하다고 했는데, 먹어 보니 소금기가 없는 버터 같은 느낌이었습니다. 입에 넣자마자 사르르 녹는데다 냄새가 전혀 없고, 아주 약간 달콤한 기름 맛이 나는 것이, 힘줄도 없으니 정말로 버터를 먹는 것 같았습니다.

고층빌딩으로 둘러싸인 뒷골목에서, 가게 앞길에 접이식 의자를 내놓고 맥주가 든 냉장고를 테이블 대신 삼아 밥을 먹는, 실로 자연미 넘치는 상황이기도 하여 아주 맛이 있었습니다.

이런 얘기를 쓰고 있자니 불고기가 먹고 싶어졌으므로 오늘 저녁밥은 불고기로 할까 합니다.

그리고 페이지도 거의 채워졌으니 이쯤에서 이만.

그럼 하편에서 다시 만나기로 하지요.

_하세쿠라 이스나

곁가지 번외편으로 한 박자 쉬고, 본 물줄기로 돌아온 늑대와 향신료 제8권입니다. 무서운 누님 에이브 볼란 씨도 돌아왔습니다. 박수 짝짝짝! 뭉글뭉글 검은 연기가 피어오릅니다. 로렌스 절체정명의 위기입니다(웃음)!

6권의 역자후기에서도 말씀 드렸던 기억이 있습니다만, 바다를 눈앞에 둔 케르베로 오고 나니 이야기가 별안간 확 크게 펼쳐지는 느낌이 듭니다. 판돈이 커졌어요. 소탈한 행상인 로렌스의 머리 위에서 우주의 소용돌이에 버금가는 일들이 펼쳐지려 하고 있습니다. 로렌스가 상대해야 하는 상인들도 여럿입니다. 에이브, 키먼, 레이놀즈. 어느 누구 하나 만만치 않아 보입니다. 그리고 아직 제대로 나오지는 않았지만 아마도, 분명히, 기필코 9권에서는 또 더 많은 인물들이 본색을 드러내지 않을까 합니다. 그리고 우리의 주인공 로렌스는 그들과 치열한 두뇌싸움을. 그것만으로도 기대가 됩니다. 원작자 후기에도 나와 있듯이 로렌스의 멋진 모습이─(라고 쓰지만 사실은 고군분투 기진맥진할 로렌스의 모습이).

자자, 드디어 나왔습니다. 모든 분들이 궁금해 하셨을 동화 상자를 둘러싼 수수께끼의 해답. 사실 궁금한 나머지 여기저기 뒤져서 대충 이럴 것이다 라는 답을 알아내긴 했습니다만, 아무래도 내용 중에 언급이 될 것 같아 여태 미뤄 놓았는데 딱 8권에서 나와 주었군요. 혹시 본문의 내용으로도 조금 헷갈린다 하시는 분들은 부연 설명에 들어갑니다. 그림을 그려 보이면 딱 좋은데… 머릿속으로 그려 주세요.

로렌스도 말했듯이 이런 겁니다. 일단 상자의 크기는 일정하게 정해져 있습니다. 그 안에 동전을 쭉 깔아 봅시다. 우선 57상자의 경우. 첫 줄에 딱딱 붙여서 동화를 깔아 주세요. 빠른 이해를 위해 10개 정도만 깔아봅시다. 그 다음, 둘째 줄에도 마찬가지로 동화 10개를 깔아주세요. 세 번째 이후의 줄에도 마찬가지로 똑같은 개수로 동화를 깝니다. 그렇게 해서 한 상자를 꽉 채웁니다. 이 상태에서 동전 몇 개를 빼내면 딱 표가 나게 돼 있죠(도난 방지의 핵심).

이번엔 60상자로 불어나는 경우. 마찬가지로 첫 줄에 딱딱 붙여서 동화 10개를 깔아 주세요. 그리고 둘째 줄에서는, 첫 줄의 1번 동화와 2번 동화 사이에 오도록 둘째 줄의 1번 동화를 놓습니다. 그럼 어떻게 될까요? 둘째 줄에는 공간 구조상 9개가 깔리게 됩니다. 동그랗게 생긴 동전이라 가능한 거죠. 마찬가지로 셋째 줄에는 다시 첫 줄의 첫 자리에 맞춰 10개를 쭉 깔고, 넷째 줄에는 9개를 깝니다. 이런 식으로 한 바닥을 다 메우고 한 상자를 가득 채우면, 앞 경우에 비해 남는 동전이 생기게 되죠. 그러면서도 상자 자체는 꽉 채워졌으니 역시 몇 개 빼내면 바로 표가 나게 됩니다.

이런 수법을 이용해서 남은 동화로 몇 상자를 더 만들 수 있는

데, 진 상회는 이렇게 해서 세 상자를 더 만들었습니다. 왜 그랬는지는 본문에 언급이 되어 있습니다만, 로에프에서 케르베로 오는 관세 및 운송료를 줄인 것까지는 좋지만, 윈필 해협으로 내보낼 때 그 많은 것을 풀어 세 상자를 늘릴 때의 수고는 대체 누가? 하는 생각을 하면…. 쯧, 오죽이나 궁했으면.

8권은 로렌스의 눈앞이 아득해지는 장면에서 끝이 났습니다. 독자로서, 로렌스에게 감정이입이 돼 있는 저로서는 본문 중에 이미 여러 번 정신이 아득했습니다만, 그 가운데 호로… 역시 무서운 여자입니다. 로렌스 말마따나 콜을 그런 투자대상으로 보고 있을 수도… 망상은 날개를 달고. 그러나 인간사의 생로병사를 고려할 때 충분히 현실성 있는 이야기. 두렵습니다. 음, 이 점에 대해서는 하편이 마무리된 후에 다시 한 번 이야기할 기회를 노려 보지요.

그럼, 아마도 두 달 후에 9권에서 다시 만나 뵙도록 하겠습니다.

_역자 **박 소 영**

늑대와 향신료 [8]

대립하는 도시 (上)

2008년 12월 7일 초판 발행
2018년 8월 20일 11쇄 발행

저자 하세쿠라 이스나(ISUNA HASEKURA)
일러스트 아야쿠라 쥬우(JYUU AYAKURA) | **옮긴이** 박소영
발행인 정동훈 | **편집 전무** 여영아
편집 팀장 김태헌 | **편집** 노혜림
발행처 (주)학산문화사 | 서울특별시 동작구 상도로 282 학산빌딩
편집부 02.828.8838(전화), 02.828.8890(팩스) | **영업부** 02.828.8961~5(전화), 02.828.8989(팩스)
홈페이지 www.haksanpub.co.kr | **등록** 1995년 7월 1일 | **등록번호** 제3-632호

원제·ookami to koushinryou vol.8 Tairitsu no machi 〈jou〉
ⓒISUNA HASEKURA 2008
First published in 2008 by ASCII MEDIA WORKS Inc., Tokyo, Japan.
Korean translation rights arranged with ASCII MEDIA WORKS Inc., through KCC.

ISBN 978-89-258-5619-3 04830
ISBN 978-89-529-5612-4 (세트)
값 6,800원

오카자키 이즈미 지음
미케오 일러스트
한신남 옮김

D.C.P.C.
-다카포-
플러스 커뮤니케이션
벚꽃의 나선
1권

오카자키 이즈미 지음
미케오 일러스트
한신남 옮김

eXtreme novel

1년 내내 계속해서 벚꽃이 피는 하츠네 섬.
그곳의 카자미 학원을 다니는 아사쿠라 네무에게는 비밀이 있었다.
같은 나이의 의붓오빠 준이치에게 아련한 연심을 품고 있었던 것이다.
'이 사랑이 이루어지지 않아도 돼. 남매로 계속 함께 있고 싶어??'
그런 생각으로 있던 네무의 앞에 생각지도 못했던 인물이 나타난다.
6년 전에 미국에 갔던 소꿉친구 요시노 사쿠라가 돌아온 것이다.
사쿠라의 출현으로 네무의 마음 속에
봄의 폭풍이 휘몰아치기 시작하는데….

벚꽃이 흩날릴 때 그들의 사랑이 이루어진다?!

XNR-37-1
(주)학산문화사 발행 / 값5,900원

거짓말쟁이 미 군과
고장 난 마짱
선의(善意)의 지침은 악의(惡意)
2권

이루마 히토마 지음
히다리 일러스트
오경화 옮김

eXtreme novel

입원했다. 나는 살인미수라는 피해 끝에.
마유는 자신의 머리를 꽃병으로 내리치는 자해 끝에.
우리 두 사람이 입원한 병원에서 환자가 한 명 행방불명되었다.
그 사건은 당초, 내게 큰 문제가 될 만한 사태가 아니었다.
며칠 후에 일어난 사건이 훨씬 충격적이었기 때문이다.
며칠 후, 마유의 머리는 꽃병과 다시 재회했다. 이번엔 자해가 아니라,
누군가의 손에 의해. 마유는 병실에서 피투성이가 되었고,
이번에도 역시 기절하지 않고 자기 발로 걸어가, 의사에게 치료를 의뢰했다.
그리고 치료를 받고 돌아온 마유는,
본론과는 아무 상관도 없는 이야기를 내게 시작했다.
시체를 발견했다, 라고.
또, 시작이니? 응, 마짱?

XNR-36-2
(주)학산문화사 발행 / 값5,900원

학교의 계단

3권

카이마 타카아키 **지음**
아마후쿠 아마네 **일러스트**
김지현 **옮김**

eXtreme novel

드디어 여름방학! 학생회장인 유사의 계획으로
텐구리하마 고등학교에서는 전교생 합동 합숙이 실시되고 있었다.
비공인의 계단부도 당연하다는 듯 참가하여 여자부원 획득을 노리지만,
항상 멋대로 행동하는 계단부의 부장 코코노에의 제안에 의해
'계단부 VS 여자 테니스부'의 부원 쟁탈전이 실현된다.
진 쪽은 부원 한 명을 내놓아야 한다고?!
그렇게 해서 승패의 행방은 '검은 날개의 천사'인 아마가사키와
여자 테니스부 에이스인 미후유의 대결에 맡겨졌는데!

비바 청춘! 대반향의 학원 그래피티 제3탄!!

XNR-31-3
(주)학산문화사 발행 / 값5,900원

문의 바깥
3권 (완결)

도바시 신지로 지음
시로미자카나 일러스트
김해용 옮김

eXtreme novel

"세 번째 문을 통과해 골인을 한 플레이어는 밖으로 탈출할 수 있고,
그 밖에도 부상으로 호화로운 특전이 수여됩니다.
여러분, 빠짐없이 참가해 주십시오."
밀실에 갇힌 2학년 2반 아이들에게
인공지능 '소피아' 라는 이름의 존재가
상황을 타개할 방법으로 제시한 것은 '온라인 게임'.
어쨌든 할 수밖에 없다고 생각한 반 아이들은 서로 협력해
그 '게임' 을 진행하게 되고, 수수께끼의 존재와 만나게 되는데….
드디어 '누가' '무엇 때문에'
아이들을 격리시켰는지가 마침내 밝혀진다.
『문의 바깥』 완결편 등장!

XNR-34-3
(주)학산문화사 발행 / 값5,900원

안다카의 괴조학

피리 부는 사나이가 꿈꾸는 세계

4권

아키라 지음
에나미 카츠미 일러스트
인단비 옮김

eXtreme novel

안다카에서 괴조생물을 소환하는 학문인
'괴조학'을 공부하는 스카이 이요리.
그녀가 다니는 코코로 괴조 고등학교가 붕괴했다!
학교 재건까지 다른 학교의 신세를 지게 된 코코로의 학생들은
수학여행 가는 기분으로 길을 떠났지만
그들이 머물 카라다 괴조 고등학교는 왠지
으스스한 분위기와 기묘한 위화감으로 뒤덮여있었다.
게다가 거기에는 '괴조생물은 친구'라고 공언하는 이요리와
근본적으로 대립되는 궁극 거만 미소녀,
자레노코우지 아루테가 버티고 있었으니….

XNR-26-4
(주)학산문화사 발행 / 값5,900원

紅
쿠레나이
추악한 축제 下
4권

카타야마 켄타로 지음
야마모토 야마토 일러스트
김용빈 옮김

eXtreme novel

크리스마스를 눈앞에 둔 신참 고민 해결사 쿠레나이 신쿠로.
최연소 의뢰인 세가와 시즈노로부터의 의뢰를 발단으로,
아쿠우 쇼카이 최고 고문《고인요새》호시가미 제나와 우연히 만난다.
사건의 모든 열쇠를 쥔 그녀로부터 정보를 얻으려 했지만, 가장 강한 동시에
가장 흉악한《고인요새》를 상대로, 신쿠로는 부릴 재주가 없었다.
심사숙고한 끝에, 신쿠로는 어떤 기발한 행동에 나선다.
그리고 찾아온 크리스마스이브.
신쿠로의 거처로, 제나로부터 '이벤트'의 초대장이 왔다. 크리스마스
선물을 기다리는 무라사키와, 언니가 돌아오기를 기다리는 시즈노.
두 사람의 소원을 이루어 주기 위해, 그리고 스스로의 프라이드를 위해,
신쿠로는 그곳으로 결의를 굳히고 향하는데….

XNR-28-4
(주)학산문화사 발행 / 값5,900원

토라도라!
6권

타케미야 유유코 지음
야스 일러스트
김지현 옮김

축제 이후, 조금은 가까워진 듯한 류지와 미노리.
한편, 학교 안에서는 타이가와 키타무라가 교제하고 있다는 소문이 떠돈다.
그러던 중, 학생회장 선거를 앞두고
촉망 받던 후보인 키타무라가 갑자기 삐뚤어졌다.
게다가 사람을 밀어내는 것 같은 태도를 보이는 현 학생회장 스미레 형님.
이상하리만치 키타무라에게 공격적인 소꿉친구 아미.
피로로 늙어가는 독신 선생님.
류지와 타이가는 키타무라가 삐뚤어진 원인을 찾아
재기시키려 분투하지만 생각처럼 쉽지는 않다.
그리고 모든 것이 만천하에 드러났을 때 타이가가 향한 곳은?

XNR-25-6
(주)학산문화사 발행 / 값5,900원

렌탈 마법사
지나온 날의 마법사
13권

산다 마코토 지음
pako 일러스트
김수현 옮김

eXtreme novel

'마법을 쓰지 않는 마법사' 이바 츠카사는 연금술사 유다이크스,
마녀 헤이젤과 함께 마법사 파견회사 〈아스트랄〉을 창설한다.
그리고 〈아스트랄〉은 후루베라는 지역의 조사 의뢰를 받게 된다.
그러나 그 땅에서 기다리고 있던 것은 금기의 마법사들 〈오피온〉이었다.
그 강대한 힘에 세키렌, 유다이크스가 쓰러지고,
절체절명의 상황 속에서 츠카사를 미워하고 있던 네코야시키는
〈오피온〉으로부터 가입 권유를 받는다.
〈아스트랄〉과 〈오피온〉 사이에서 흔들린 네코야시키가 내놓은 결론은?

과거에서 현대로 이어지는 〈아스트랄〉의 수수께끼가 여기에 있다!
대호평의 이종 마법 격투전 제13탄!

XNR-8-13

(주)학산문화사 발행 / 값5,900원

니노미야 군에게
애도를
9권

스즈키 다이스케 지음
타카나에 쿄린 일러스트
오경화 옮김

eXtreme novel

시작은 초여름의 어느 날이었다.
"안녕하세요! 츠키무라 마유라고 합니다."
불과 6살 나이에 혼자 자취를 하고 있던 소년 니노미야 슈운고의
아파트에 찾아온 것은, 2번째 동거인이 된 소녀…
그것은 잃어버린 과거의 기억 중 한 토막.
그로부터 10년이 지난 현재. 동거인 마유와 레이카는,
무언가에 충격을 받고 니노미야 가를 떠났다―.
딜레마에 빠진 삼각관계에서 180도로 일변,
슈운고가 여주인공들에게 버림받은 것인가?!
더욱이 니노미야 가는 뿔뿔이 이산가족이 된 상태에서,
호조 가와 투쟁을 개시! 속속 엄습해오는 불행을 해결할 열쇠는?
그것은 마유와 레이카를 진정 처음 만났었던 시점의 기억이었다!
그녀들을 되찾기 위해 슈운고, 애도 연발의 근원에 바짝 다가선다!

XNR-11-9
(주)학산문화사 발행 / 값5,900원

플라토닉 체인

맑음, 때때로 여고생

와타나베 코지 지음
오카자키 타케시 일러스트
천강원 옮김

eXtreme novel

■■

시부야에 토막 시체가 떨어져 내렸다!
시체는 모두 행방불명되었던 여고생.
사건 당일 '저주를 받았다'는 말을 남기고 실종된
친구 카야노를 찾기 위해 리카는 혈혈단신 '유령 빌딩'으로 향한다!
기대할 수 있는 사람은 '플라토닉 체인'에 접속할 수 있는
나루미라는 기묘한 소녀뿐.

그녀의 휴대폰을 통해 사건의 진실이 파헤쳐지기 시작하는데….

■■

XNR-35
(주)학산문화사 발행 / 값5,900원